KB092017

2020
유화로 보는 명인명시선 選

시음사
시사랑음악사랑

2020 유화로 보는 명인명시선(選)을 엮으며

"특별초대 명인명시 63人" 시화 작품집은 시각적 예술과 언어의 예술이 하나가 되어 입체적인 효과를 나타낸다. 현대 시는 점점 난해해져 가는데, 그 시를 어렵게 이해하기보다 눈으로 먼저 읽을 수 있는 방법을 찾다 보니 유화를 선택하게 되었다. 수채화나 문인화가 줄 수 없는 입체적 감각을 유화의 독특한 화법으로 만들어 낼 수 있어서 더 효과적이다.

유화로 그린 시화는 수채화보다는 무게감 있고, 수채화나 문인화가 줄 수 없는 입체감을 주어 유화의 특색을 살릴 수 있다. 또한, 시가 가지고 있는 감성을 입체적인 표현으로 사실화, 반추상화, 추상화 등 다양한 장르를 선보였으며, 시가 전하는 감성에 따라 그 특징을 명확하게 보여주고 있어 지금까지 볼 수 없었던 감성을 눈으로 감상할 수 있게 한다.

우리가 알고 있는 시화의 역사는 오래전부터 선조들이 사용해 왔다. 시화라는 이름 외에도 시평(詩評), 시담(詩談), 시설(詩說), 시품(詩品) 등의 순수한 시 비평집들이 있으며, 소설, 패설(稗說), 유설(類說), 연담(軟談) 등과 같이 잡록(雜錄) 형태로 시화가 삽입된 것들도 모두 시화로 통칭하여 예전부터 사용하고 있는 것을 알 수 있다.

시대의 흐름에 적응 못 하는 예술인은 살아남기가 어렵다. 요즘처럼 다원 문화예술 시대에는 함께 할 수 있는 동료를 찾는 것이 성공할 수 있는 길일 것이다. 가장 쉬운 예를 들어 보면 요즘 대세인 콜라보레이션(collaboration)을 주선하는 것이 가장 현실적인 일이다. 그림을 그리는 화백과 글을 쓰는 시인이 협력하여 만들어 낼 수 있는 최대의 효과는 시의 감성을 입힌 그림을 그리는 것이다. 새로운 시도는 아니지만, 문화예술가들이 서로 이기심을 버리고 협력하는 것이 최상의 작품을 만들어 내는 작업일 것이다. 작가는 죽어도 名詩와 名畵는 후대에 남아 누군가의 가슴에 남을 것이다.

(사)창작문학예술인협의회 이사장 김락호

목차

목차

목차

시인
강사랑

<저서>

제1시집
겨울등대

대한문학세계 시 부문 등단
(사)창작문학예술인협의회 회원
대한문인협회 경기지회 정회원

한 줄 '詩' 짓기 전국 공모전 대상
순우리말 글짓기 전국 공모전 수상
2018년 향토문학 글짓기 경연대회 대상
한국문학 발전상
한국문학 예술인 금상
대한문인협회 이달의 시인 선정
명인명시 특선시인선 선정

제2시집
꽃이 오는 길에 봄이 핀다

첫눈에 반한 사랑

시인 강사랑

품으로 널 끌어당긴다
한 눈으로 널 바라봤을 때
내 가슴에 널 찍었다

너는 꽃이요
너는 하늘이요
너는 나무이며
너의 아름다움을 내 눈에 다 넣어
심장 깊숙이 숨겨 놓고
어쩌다 생각이 나면
그때 또 한 번 꺼내 본다

셔터를 누르며 빛을 너에게 보내면
화들짝 놀란 나는 그 순간
아름다운 시간을 멈추게 할 수 있다

뷰파인더로 보는 세상에는
또 다른 나를 담을 수 있는 소우주가 있다

名人名詩는 名作으로 남는다.

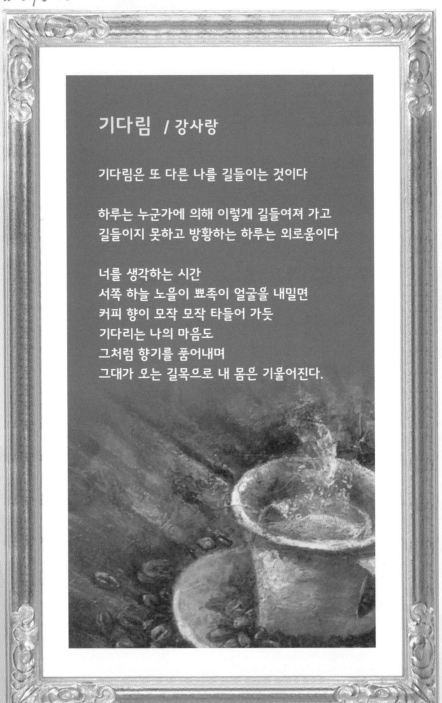

기다림 / 강사랑

기다림은 또 다른 나를 길들이는 것이다

하루는 누군가에 의해 이렇게 길들여져 가고
길들이지 못하고 방황하는 하루는 외로움이다

너를 생각하는 시간
서쪽 하늘 노을이 뾰족이 얼굴을 내밀면
커피 향이 모작 모작 타들어 가듯
기다리는 나의 마음도
그처럼 향기를 품어내며
그대가 오는 길목으로 내 몸은 기울어진다.

봄꽃처럼 예쁜 너 / 강사랑

황사가 걷히고
모처럼 마알간 햇살에
방긋하며 봄꽃이 인사한다

너도 봄꽃이 되어
노오란 개나리 옷을 입고
나에게 미소 보낸다

반짝이는 벚꽃잎들이 만들어준
터널을 지나면
봄바람과 함께 그리움이 눈 시도록
흩날려 내 코끝에 머문다

봄꽃처럼 예쁜 너와 함께
이야기 줄을 탄다.

시인

강순옥

대한문학세계 시 부문 등단 (2017년)
(사)창작문학예술인협회 회원
대한문인협회 서울지회 정회원

2018 명인명시 특선시인선 선정
2018년 짧은 시 짓기 동상
2018년 한국문학 발전상
2020년 박영애 시낭송 모음 8집 '시 마음으로 읽다' 참여

우리 엄마

시인 강순옥

아야 허리 좀
밟아봐라
거기 거기다

밤새 끙끙
앓으신 어머니

중년이 되어 보니
이제야 알 것 같습니다

삶의
무지갯빛
무게만큼이나

뼈마디 마디가
아프다고 외칩니다

오늘도
비가 오려나
우리 엄마 넋두리.

名人名詩는 名作으로 남는다.

단풍나무 아래서 / 강순옥

언젠가는
너처럼 화려한 날이
올 거란 생각에
물들이는 이 순간에도
상한 마음 곱씹지 않아 좋다

푸르던 잎새 쏟아지는 햇살도
불꽃처럼 활활 타오르다
꽃잎처럼 말라 버린다 해도
눈 앞에 펼쳐진 생의 빛깔이 좋다

보면 볼수록 빠져드는 숲에
머무는 바람 소리 사연 달고
낮술 취한 듯 벌겋게 달아올라

낙엽 되어 떨어지는 가을은
그리움 담아내는 모가의 법칙
험담해도 쉬어가라 해서 참 좋다

산 등에 곱게 그려내는 빗살무늬
정 묻는 굴뚝 연기처럼 피어올라
한 줌 재로 남긴 벗이어서 더 좋다.

사랑 택배 / 강순옥

작은 새 한 마리
무엇 하고 있을까

시간 내어 가 봐야겠다

밥은 먹고 있는지
잠은 자고 있는지
낮달은 보고 있는지
혼자 눈물 흘리고 있지는 않은지

바람의 향기 웃음꽃 한 다발
그리움 안고 가 봐야겠다

이 밤새우기 전에
도착할 수 있도록.

시인
고옥선

대한문학세계 시 부문 등단
(사)창작문학예술인협의회 회원
대한문인협회 대전충청지회 정회원

금주의 시 선정 (2020년 7월 4주)

> 노오란 벼 이삭 알알이
> 익어가는 계절
> 우리 엄마 올벼 털어
> 쌀밥 해 주시던 그 가을이 왔습니다
>
> 엄마의 그 쌀밥 먹고 싶지만
> 우리 엄마 이제는 구부러진 허리
> 세월의 야속함이 목에서 젖습니다

엄마의 뜨락

시인 고옥선

노란 벼 이삭 알알이
익어가는 계절
우리 엄마 올배 탈이
쌀밥 해 주시던 그 가을이 왔습니다

엄마의 그 쌀밥 먹고 싶지만
우리 엄마 이제는 구부러진 허리
세월의 야속함이 목에서 젖습니다

우리 엄마 고우실 때
찔꽃마냥 고왔다지요
고향 언덕 엄마 동산에
찔꽃은 피어서
고운 향기 풍겨줍니다

떨어진 꽃잎 같은 푸릇던 얼굴에
그 곱던 모습을 보이지 않아
엄마 뜨락 한 켠에 서서
엄마 딸 목 메어 숨어서 웁니다

名人名詩는 名作으로 남는다.

마중 / 고옥선

달빛이 구름 속에 숨어든 밤
그리움에 별을 헤이다
그대 마중하러 등불을 켭니다

노오란 달맞이꽃 호롱불인 양
그대 밝히소서
그대 그림자 달빛에 받아
등불 되게 하소서

야심한 밤 깊어서 못 오시나
가만가만 마중을 나가네
먼발치서 다가오는 그림자
별님이었네

그대는 언제 오시려나
그대 마중하러
등불 하나 켜 들고 나갑니다.

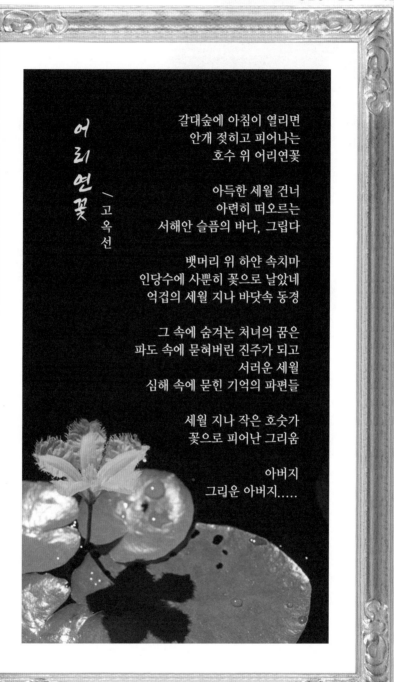

어리연꽃

／고옥선

갈대숲에 아침이 열리면
안개 젖히고 피어나는
호수 위 어리연꽃

아득한 세월 건너
아련히 떠오르는
서해안 슬픔의 바다, 그립다

뱃머리 위 하얀 속치마
인당수에 사뿐히 꽃으로 날았네
억겁의 세월 지나 바닷속 동경

그 속에 숨겨논 처녀의 꿈은
파도 속에 묻혀버린 진주가 되고
서러운 세월
심해 속에 묻힌 기억의 파편들

세월 지나 작은 호숫가
꽃으로 피어난 그리움

아버지
그리운 아버지…..

시인
권태인

특수전사령부, 제3공수특전여단 복무
부산지방경찰청, 경북지방경찰청 수사과 광역수사대 근무
안동경찰서 강력범죄수사팀, 지능범죄수사팀, 경제범죄수사팀 근무

[수상]
2015. 대한문학세계 시 부문 신인문학상
2016. 대한문학세계 수필 부문 신인문학상
2016. 대한문인협회 한 줄 시 공모전 은상
2016. 대한문인협회 올해의 시인상
2017. 월간 한맥문학 시조 부문 신인문학상
2018. 제4회 샘터문학 공모전 시조 부문 우수상
2019. 제2회 문예춘추 선정 이상화 추모 문학상
2019. 서정문인협회 2019 금상 수상

달맞이꽃

시인 권태인

안개마져 서러운 그리움에
바람도 멈추에서는 달빛 정원

그리워서 못내 그리워서
달무리 두레박 가득 밤을 길어

하얀 바람이 길 나서기 전
윤슬로 빛나는 달그림자 뿌려

밤안개 사이 달무리 사이
가슴 깊은 그리움을 토해내니

하얀 달빛 수줍어 눈 감은
나의 사랑일어 달맞이꽃이어

名人名詩는 名作으로 남는다.

들풀처럼 살아온 아내에게 / 권태인

겨울을 헤치고 봄이 오면
아찔한 꽃 향기 그늘 아래에서
봐주는 이 하나 없는 들풀, 또 꽃을 피우지

이름이 없고 향기도 없어
찾는 이도 없는 그 들풀을 보면
그처럼 살아준 그대가 얼마나 고마웠는지

뒤안길 지켜온 저들처럼
그대, 있는 듯 때론 없는 듯 살더니
열여덟 꿈 대신 내 일부가 되고 말았구려

우리, 조금 더 산 뒤 어느 날
애초에 온 곳으로 돌아가게 되거든
그 세상에서는 그대 손, 내가 꼭 잡아주리다

인어공주 / 권태인

파란 하늘 하얀 섬나라에는
인어공주가 산다

노을빛 꿈꾸는 날엔
달빛의 마음으로 사랑하고

별똥별 춤추는 날엔
별빛처럼 사랑하겠다던 인어공주

사랑을 가르쳐준 인어공주는
파란 하늘 하얀 섬나라에 산다

시인
권태인

특수전사령부, 제3공수특전여단 복무
부산지방경찰청, 경북지방경찰청 수사과 광역수사대 근무
안동경찰서 강력범죄수사팀, 지능범죄수사팀, 경제범죄수사팀 근무

[수상]
2015. 대한문학세계 시 부문 신인문학상
2016. 대한문학세계 수필 부문 신인문학상
2016. 대한문인협회 한 줄 시 공모전 은상
2016. 대한문인협회 올해의 시인상
2017. 월간 한맥문학 시조 부문 신인문학상
2018. 제4회 샘터문학 공모전 시조 부문 우수상
2019. 제2회 문예춘추 선정 이상화 추모 문학상
2019. 서정문인협회 2019 금상 수상

동백(冬柏)

시인 권태인

봄에서 가을까지 호시절(好時節) 외면(外面) 터니
서라곳 엉기고야 기어코 게 왔구려
꽁꽁 언 그 향기(香氣) 조차 아름다운 여인(女人)아

백설(白雪)도 소스라친 진홍(眞紅)빛 그대 정열(情熱)
내 어이 무심(無心)하여 그 속내 몰랐던가
이제야 그대 큰 사랑 깊은 마음 아나니

혹한(酷寒)의 핍박(逼迫)마저 이겨낸 내 여인(女人)아
외로움 서러움은 모두 다 내게 주고
이제는 이 품에 안겨 동백(冬柏)꽃이 되게나

서리화(花) / 권태인

때 되면 오신다던 님 언약(言約) 손꼽을 적
외로워 복받치는 서러움 참다 참다
겨울밤 삼경(三更) 추위에 터져버린 상고대

길고 긴 기다림은 비련(悲戀)의 전조(前兆)였나
만발(滿發)한 물안개가 예감(豫感)한 이별 소식(離別 消息)
슬픈 꽃 서러움의 꽃 서리화(花)로 피었네

눈 매화(梅花) 피는 아침 불현듯 그 님께서
웃으며 돌아와서 꼭 안아 주신다면
님 품에 잠들 숙명(宿命)의 비련(悲戀)마저 기쁘리

만송정(萬松亭) / 권태인

물안개 기품(氣品) 어린 새벽을 거니노니
고뇌(苦惱)와 번민(煩悶) 씻을 그윽한 솔내음에
신선(神仙)이 노닐다 갈 곳 따로 있다 할까나

빛 고운 향(香)에 취한 하회(河回)의 여명(黎明)마저
물돌이 굽이 따라 눈 감고 빠져드니
만송정(萬松亭) 속내 빼닮은 만(萬) 가지 물아일체(物我一體)

선계(仙界)를 옮겨온 듯 안개 춤 신비롭고
시간(時間)도 멈춰 서는 고요와 자적(自適)의 땅
만(萬松亭) 가지 솔향 드높은 만송정(萬松亭)에 살리라

시인
기영석

경북 예천 거주
대한문학세계 시 부문 등단
대한문인협회 정회원
(사)창작문학예술인협의회 회원
대한문인협회 대구경북지회 정회원
대한창작문예대학 졸업
문예창작지도자 자격 취득
대한창작문예대학 졸업 작품 경연대회 금상 수상
2020년 4월 1주 금주의 시 선정
낭송시 선정

긴 머리

시인 기영석

바람에 하늘거리는 긴 머리
아름다움에 이끌려 선택한 당신
그때는 왜 그리 예뻤던지 모릅니다

우리의 사랑이 무르익어
인연을 맺고
수많은 시간이 흘러
고왔던 모습은 찾을 수가 없습니다

그 시절의 고왔던 모습 떠올리며
이름 모를 공원 벤치에서
미안함과 사랑을 담은
한 편의 시를 당신에게 써봅니다

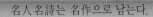

名人名詩는 名作으로 남는다.

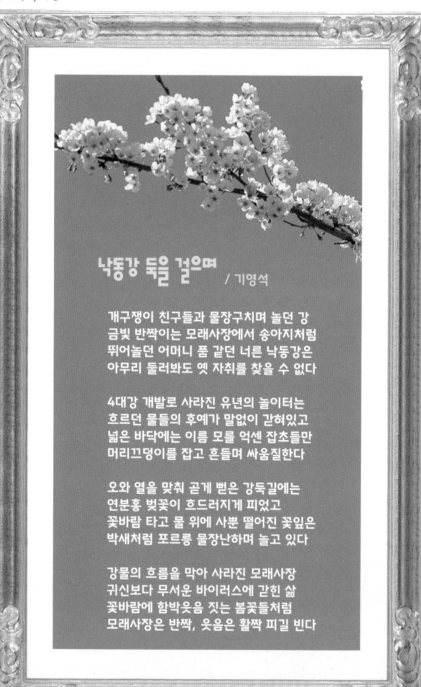

낙동강 둑을 걸으며 / 기영석

개구쟁이 친구들과 물장구치며 놀던 강
금빛 반짝이는 모래사장에서 송아지처럼
뛰어놀던 어머니 품 같던 너른 낙동강은
아무리 둘러봐도 옛 자취를 찾을 수 없다

4대강 개발로 사라진 유년의 놀이터는
흐르던 물들의 후예가 말없이 갇혀있고
넓은 바닥에는 이름 모를 억센 잡초들만
머리끄덩이를 잡고 흔들며 싸움질한다

오와 열을 맞춰 곧게 뻗은 강둑길에는
연분홍 벚꽃이 흐드러지게 피었고
꽃바람 타고 물 위에 사뿐 떨어진 꽃잎은
박새처럼 포르릉 물장난하며 놀고 있다

강물의 흐름을 막아 사라진 모래사장
귀신보다 무서운 바이러스에 갇힌 삶
꽃바람에 함박웃음 짓는 봄꽃들처럼
모래사장은 반짝, 웃음은 활짝 피길 빈다

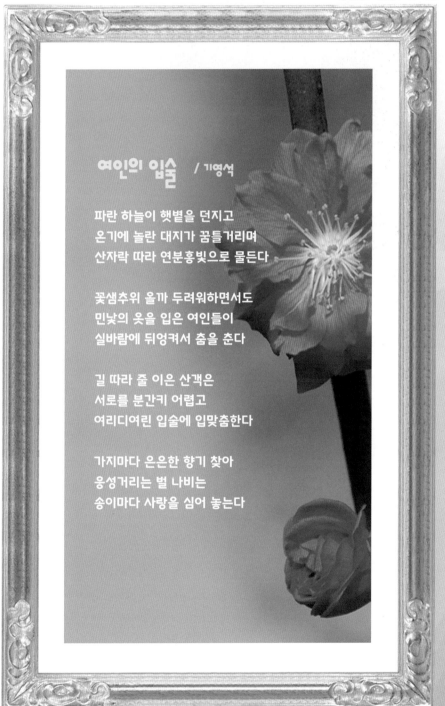

여인의 입술 / 기영석

파란 하늘이 햇볕을 던지고
온기에 놀란 대지가 꿈틀거리며
산자락 따라 연분홍빛으로 물든다

꽃샘추위 올까 두려워하면서도
민낯의 옷을 입은 여인들이
실바람에 뒤엉켜서 춤을 춘다

길 따라 줄 이은 산객은
서로를 분간키 어렵고
여리디여린 입술에 입맞춤한다

가지마다 은은한 향기 찾아
웅성거리는 벌 나비는
송이마다 사랑을 심어 놓는다

시인

김강좌

<저서>

대한문학세계 시, 수필 부문 등단
(사)창작문학예술인협의회 회원
현)대한문인협회 광주전남지회 지회장
대한시낭송가협회 회원
대한창작문예대학 졸업
문예창작지도자 자격 취득

시집 / 하늘, 꽃, 바다

가자 여수 바다로

시인 김강좌

문득 잃어버린 날이 그리워질 땐
바람 하나 둘러메고
낭만과 열정이 넘치는
남녘의 도시 여수로 떠나자

짜릿하게 바삭하늘 해상 케이블카 타고
동백숲이 우거진 오동도에서
파아란 비경의 하얀얼굴을 휘돌아
만성리 검은 모래에 어둠이 내리면
몽돌을 베고 누워 하늘도 품어보자

깊은 바다에서 갓 빛어낸
괴어진 모래톱, 갯강변 간성계양에
달빛을 한가득 곁들여놓고
내 좋은 벗님과 마주 앉아 주거니 받거니
한잔 술이 그림자 아니랴가

수천 년을 해량하며
섬에서 섬으로 이어대온 사람들과
체온을 맞대어 더불어 사는 바다
기별처럼 찬란히 오는 아침이 더 눈부신 곳

가자 여수 바다로

그곳에 가면 / 김강좌

야트막한 돌담을 따라 발맘발맘 걷다가
안과 밖의 경계를 지어 놓은
푸른색 대문 앞에서 발길이 멈춘다

문턱을 무시로 넘나들며
하루의 시작과 완성을 이루던 그곳에
산처럼 무거운 삶을 살다 가신
어머니의 흔적이 그득하다

삐걱거리는 문틈을 비집고
시선이 먼저 들어서니
빠르게 흘러간 세월에
많은 것이 변해 있지만
기억 속의 낯익은 그리움은
익숙한 자리에서 여전하다

마당 한가운데를 지나
뒤란을 돌아드니
보이는 것과 보이지 않은 것들이 조화를 이루며
이따금 찾아오는 발소리에 귀 기울이는 듯
묵직한 고요를 지켜내고 있다

지금도 그곳에 가면
골목길 모퉁이마다
추억 속에 묻힌 아이들 소리가 들려 온다

여름 장마 / 김강좌

먹구름이 무겁게 내려앉더니
금세 바람을 가르며
눈물 같은 비를 왈칵 쏟아 내고
처마 끝이 닿는 거리쯤에서
둥글게 무늬 지던 빗방울들이
이내 숲으로 번져 구른다

속내를 풀어내듯 시원하게 휘감다
이내 차갑게 질척이던 빗방울을 보며
젖은 발걸음을 재촉하는 사이
여름 한낮이 기울어진다

비. 그치고
한결 깊어진 태양은 봇물 터지듯
참았던 열기를 토해내고
빗물 들이키며 가슴앓이하던 풀꽃은
빗속을 건너온 햇살 한 줌에
어쩜 저리도 말갛게 꽃을 피우는지

풀숲이 채 마르기도 전
잔뜩 일그러진 얼굴로
멀리서 서성이던 먹구름은
또다시 한 무더기 비를 부른다

시인
김국현

대한문학세계 시 부문 등단
(사)창작문학예술인협의회 회원
대한문인협회 울산지회 정회원
대한창작문예대학 제8기 졸업
문예창작지도자 자격 취득

명인명시 특선시인선 선정 (2019,2020)
금주의 시 선정 (2020년 6월 4주)
제8기 대한창작문예대학 졸업 작품 경연대회 장려상

정류장

시인 김국현

장맛비 쏟아지는 날
그대를 보내야만 했습니다

언젠가
돌아올 것 같아
차마 잡을 수 없어
철새처럼 왔다 가는 그대를
보내고 말았습니다

만나면
헤어지는 것이
운명처럼 익숙해 있지만
재회를 약속한
이별이기에

난
오늘도
헌책방에 꽂아놓은
긴 이야기처럼
가는 사람과 오는 사람
한가운데
홀로 서 있었습니다.

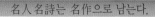

名人名詩는 名作으로 남는다.

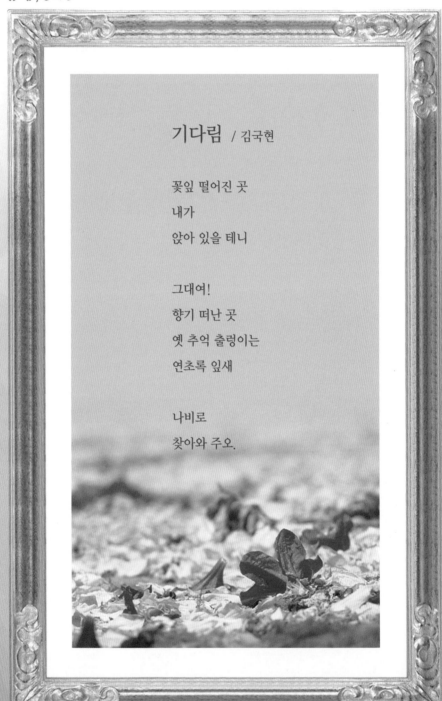

기다림 / 김국현

꽃잎 떨어진 곳
내가
앉아 있을 테니

그대여!
향기 떠난 곳
옛 추억 출렁이는
연초록 잎새

나비로
찾아와 주오.

그대 생각 / 김국현

산책하면서
우연히 돌을 던졌습니다

던지고 보니
내 가슴속이었습니다

가슴에
검게 멍이 든 것을 보니
아직도
마음속 깊이 그대가 있음을
알았습니다.

시인
김금자

〈저서〉

시집 / 가시 끝에 핀 꽃

강원도 정선 출생
경기도 성남시 거주
2017 대한문학세계 시 부문 등단
(사)창작문학예술인협의회 회원
대한문인협회 경기지회 정회원
2018. 대한창작문예대학 8기 졸업
2018. 문예창작지도자 자격증 취득
2018. 대한시낭송가협회 제7기 수료 및 정회원
2018. 한국문학 올해의 시인상 수상
2019. 순우리말 글짓기 동상 수상
2019. 〈가울문〉 동인지 공저 외 다수

열대야

시인 **김금자**

태양이 뿜어낸 오수의 하품인가
미로를 헤매는 듯한 찜통의 열기
후줄근한 밤이 지새기를 뒤척인다

소금꽃을 피워 매끈한 몸매에
덜덜거리는 선풍기가 놀을 걸 때
어느새 여명이 손짓한다

헝떡거리던 광란의 밤은
빗줄기에 하얗게 떠내려가고
빨갛게 달아오른 눈꺼풀이
히적거리던 몽롱함을 꿰맨다

고집 센 열대야를
이쁜 태풍이 열리고 닿랐는데도
아직도 생떼를 부린다.
어린아이 처럼.

名人名詩는 名作으로 남는다.

고봉밥 같은 사랑 / 김금자

얽히고설킨 전깃줄 사이로
희미하게 비추는 별빛 하나

하현달은 숨었는지 보이지 않고
인적이 드문 골목길에는
가로등만 휘영청 밝다

지친 그림자 매달고 대문 안에 들어선 순간
현관문에 매달린 두 개의 비닐봉지
말랑하게 식지 않은 따뜻함이
손끝으로 전해진다

초저녁에 통화하신 어머니
얼추 딸내미 퇴근 시간에 맞춰서
가지전을 부치셨나 보다

여든을 넘긴 노구로
"요리하는 것도 귀찮다." 하시더니
모정이 듬뿍 담긴 깻잎장아찌
통깨로 마무리한 맛에 울컥해진다

달님은 기우는데 뿌듯함이 차오르는 밤
보들보들한 가지전과 깻잎에서
옛적 고봉밥 같은 자식 사랑이
속눈썹에서 떨어져 혀끝으로 스며든다.

쓴 약 같은 세상 / 김금자

갈바람이 몰고 온 햇볕이 참 좋다

솜털 구름은 하늘에 수를 놓아
더없이 평화롭고 행복한데
내 눈가엔 슬픔이 던져 놓고 간
부스러기 같은 이슬이 맺힌다

알아갈수록 약처럼 쓰고
삼키기 어려울 만큼 녹록지 않은 세상
꿀이라도 발라졌으면 좋으련만..

거목에서 추락한 낙엽이
벌레와 태풍이 할퀸 모습으로
바람에 쓸려 간들 뉘 알아줄까

참 좋은 날에 가슴 시린 것이
내 몸 어딘가에 구멍이 뚫렸나 보다

시인
김노경

충남 천안 거주
대한문학세계 시 부문 등단
(사)창작문학예술인협의회 회원
대한문인협회 대전충청지회 정회원

> 저 산고개 굽이굽이 넘어
> 돌아오는 게 세월이 아니던가
> 어제도 오늘도 가는 세월
> 인생길 세월 친구인 것을
>
> 방바닥에 쪼그리고 앉아
> 눈물 흘리던 그 날들이
> 이렇게 세월이 흘러
> 세월처럼 나도 변해가고

세월 같은 사람

시인 김노경

저 산고개 굽이굽이 넘어
돌아온 게 세월이 아닐런가
어쩌면 오늘도 가는 세월
인생길 세월 탓인 것을

방바닥에 쪼그리고 앉아
눈물 흘리던 그 날들이
이렇게 세월이 흘러
세월처럼 나는 늙어가고

사랑같이
다가고 젤든 나를 위로하고
감싸주고 보듬어준 사랑
고맙고 감사하고 미안한 그 사람

세월도 인생도 모르겠다
하지만 너 같은 눈물은 알겠다
이제서야 아픈 마음으로
너를 고요하게 흠모한다.

名人名詩는 名作으로 남는다.

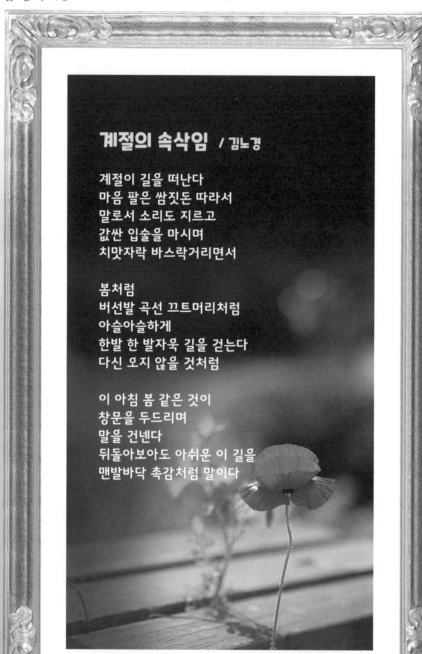

계절의 속삭임 / 김노경

계절이 길을 떠난다
마음 팔은 쌈짓돈 따라서
말로서 소리도 지르고
값싼 입술을 마시며
치맛자락 바스락거리면서

봄처럼
버선발 곡선 끄트머리처럼
아슬아슬하게
한발 한 발자욱 길을 걷는다
다신 오지 않을 것처럼

이 아침 봄 같은 것이
창문을 두드리며
말을 건넨다
뒤돌아보아도 아쉬운 이 길을
맨발바닥 촉감처럼 말이다

오늘 같은 날 / 김노경

설레임을 그리워하면서
오늘을 깨우진 않겠습니다
그냥 지금처럼
오늘 속에 있을 겁니다

내 옆에 머물러 있어서
좋은 가슴입니다
화창한 햇빛이 춤을 추고
따뜻해서 좋은 몸짓입니다

눈물짓는 그 길이
사랑이고 그리움입니다
따스한 손길처럼 말입니다
오늘은 그냥 이런 날입니다

시인
김락호

(현)(사)창작문학예술인협의회 이사장
(현)대한문인협회 회장
(현)도서출판 시음사 대표
(현)대한문학세계 종합문화 예술잡지 발행인
(현)대한창작문예대학 교수
저서 : 시집 〈눈먼 벽화〉외 10권
소설 〈나는 야누스다〉
편저 : 〈인터넷에 꽃 피운 사랑시〉외 250여권
명인명시 특선시인선 매년 저자로 발행
시극 〈내게 당신은 행복입니다〉 원작 및 총감독
〈CMB 대전방송 케이블TV 26회 방송〉

〈저서〉

소설 / 나는 야누스다

시집 / 눈 먼 벽화

시집 / 내게 당신은 행복입니다

눈먼 벽화

시인 **김락호**

시인은 눈을 감았다
그리고 세상을 본다
감추어진 진실을 본다
광기, 추악, 열망, 탐욕
공포, 고통, 맹목, 증오
그리고 희망
내가 보고 싶은 것들은
편견이라는 벽에 가리워져 있다
눈먼 벽화를 보며
향하고 있는 것은 삶이다.

名人名詩는 名作으로 남는다.

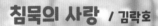

침묵의 사랑 / 김락호

앞에 있어도 가질 수 없는 너
만질 수 있으나 소유할 수 없는 너
묵언의 침묵으로 바라보다
그저 담배 연기만 가슴속 깊이 파고든다

사랑한다는 통상적인 말보다는
내 마음 담을 수 있는
너의 눈빛 속에서 날 보고 싶다

보고 싶다는 변조된 수화기 속의
너의 목소리보다는 귓전에 들려오는
숨이 멎을 것 같은 너의 흐느낌을 느끼고 싶다

내 가슴에 살아 있는 널 포옹하고 싶다.

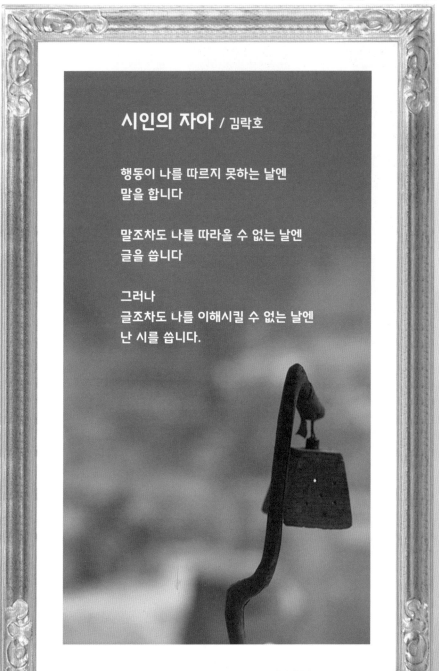

시인의 자아 / 김락호

행동이 나를 따르지 못하는 날엔
말을 합니다

말조차도 나를 따라올 수 없는 날엔
글을 씁니다

그러나
글조차도 나를 이해시킬 수 없는 날엔
난 시를 씁니다.

시인
김상훈

<저서>

시집 / 풀 각시 뜨락

수필집 / 벌목 당한 기억 사이로

대한문학세계 시, 수필 부문 등단
(사)창작문학예술인협의회 회원
대한문인협회 수필 소설 분과위원회 위원장
대한문인협회 부산지회 정회원

2019년 한국문화 예술인 금상
2019년 순우리말 글짓기 공모전 동상
2019년 짧은 시 짓기 공모전 금상
2018년 한국문학 베스트셀러1위 기념패
2017년 한국문학 베스트셀러 작가 최우수상
2018 명인명시 특선시인선 선정
2017년 한 줄 시 짓기 공모전 장려상

노년

시인 김상훈

흔들기도, 일으켜 세우기도 한
풍탄녹의 새나온 바람에 떠밀려
무수한 햇살 벽을 뚫고 지나온
생애 상부(上部)의 조각들이여

하늘 앞에서 나는
제 무게도 견디지 못하고 추락하는
물방울 한 점

땅 위에서 나는
그 어떠한 추락도 감당해낼 수 없는
구름 한 꺼풀

초승달 / 김상훈

초저녁
태허(太虛)의 벽공(碧空)에 덧대인
은백 깃털 하나

동백꽃 / 김상훈

이승의 홰치는 소리 넘나들며
겨울 밑동 목 놓아 우는 가녀린 수액으로
땅 한 끝 짓밟혀 구원받고 피어나는
인과(因果)

핏빛 처연한 붉은 옷고름

시인

김영주

아호:인연
대한문학세계 시 부문 등단
(사)창작문학예술인협의회 회원
대한문인협회 경기지회 정회원
가슴 울리는 문학 회원
월간 문예 (사)문학애 정회원
문학 어울림 회원
시를 꿈꾸다 회원
詩를 위하여 회원

심화가 된 풍선 시인 김영주

가슴 벽장을 들켜버린 봄
부족한 인내였던가
날지 못한 허상
미끈한 가지에 걸려 툭툭 터진다

수줍은 듯 토하는 댕울마다
내 삶의 일부로 도란도란
주름진 청년의 풍선
춘풍에 흩날려 만개한 웃음 향기롭고

반평생 가져온 그리움 묶어 놓은 자락
눈치 없는 철새가 조아리다
터뜨린 꽃구름에
사뿐한 나비처럼 앉아 또 불어본다

노란 호흡으로 불어 하얀 마음 채우다
빨게진 볼터럼 부푼 영산홍
선홍빛 심플로 동여매 두니
그녀가 풀어 시를 적고 심화로 넣어 책을 만든다.

장미란 이름으로 / 김영주

가시 돋은 꽃이 말을 한다
내면의 힘은 성난 군자도 웃게 하고
마른 나무에 꽃 피우는
살갗에 묻은 애상 푸른 빛에 씻겨진 몸

숭고한 여백에 초록 잎 한 장
모진 세월의 동무처럼
새도록 한 길섶에 핀 열정의 달빛
팔짱 낀 너와 나처럼 수련하구나

겹겹이 쌓인 홍조의 감청
동짓달 팥죽처럼 붉은 꿈
여각의 분 내음 청중 붓끝에
순정 피워 냈으랴

모진 풍파에 견뎌온 가시 위에
올곧은 성품 절개 있는 지조
고독한 삶의 등불처럼
활활 타는 아침을 깨운다

뽀송뽀송한 미간에 흐르는 옥구슬
탱탱한 살갗에 핀 촉촉한 입술
야생화의 애환 달래는
오월의 꽃으로 웃는다

눈물로 피워낸 난꽃  / 김영주

울지 마세요
당신을 기다리던 호접란에
꽃망울 맺혀
오랫동안 마셔온 사랑 꽃피려 합니다

정녕 울고 싶으면
유일하게 남은 내 손금에
흘려 주시구려
온기의 눈물로 당신 난에 꽃이 되리라

내 삶의 연장은 난 잎이 가졌지요
채워진 조리개 보고 있는
애처로운 눈빛
비워내는 만큼 자라는 난

흙을 탓하지 않고
바람에 노여워하지 않으며
주는 햇살에 만족하듯
베란다 끝에서 피려 합니다

울지 마세요
날개 없는 바람에
당신 꽃 시들어 나와 함께 사라집니다

시인
김재진

대한문학세계 시 부문 등단
(사)창작문학예술인협의회 회원
대한문인협회 대전충청지회 정회원
대한문인협회 사무국장
대한시낭송가협회 정회원
대한창작문예대학 제9기 졸업
문예창작지도자 자격 취득
대한시낭송가협회 제8기 수료

낙향

풍진 세상을 쳇바퀴 돌듯한   시인 김재진
초로의 낚시꾼이 개여울에 앉아서
물끄러미 바늘침을 봅니다

칠흑 밤에 새벽 비가 난타를 쳤는지
풍덩 한 수렁이 한층 더 맑아져
연신 꼬리에 꼬리를 물고 노니는
여울목에 웃음꽃이 피어납니다

왼쪽 가슴팍에 손수건으로 매달린 꿈들이
산 너머로 휘뚤 날아가서는
바다로 쏠려가던 저린 아픔들에게서
돌고 돌아와 앉은 그 자리에는

장척리 / 김재진

산산이 굽이굽이 물결치는 첩첩 산골짜기
바람도 쉬어간다는 하늘 아래 첫 동네에는
긴긴 겨우내 눈발이 무릎까지 푹푹 쌓이고
이듬해 춘삼월에 꽃잎 피워 눈 녹이던 산마을

새벽 댓바람부터 굴뚝 연기 연신 피어오르면
혼식 도시락 둘러메고 큰 재 넘어 학교 가던 곳
방학 땐 고사리손으로 텃밭에서 일손을 거들고
엄동설한 지게질로 참나무 등걸 메고 내리던 곳

좁은 고샅길에서 동무들과 해지는 줄도 모르고
숨바꼭질에 자치기랑 비석 치기 여념 없다가도
밥 짓는 내음에 어머니 목소리 담장을 넘으면
모깃불 피워 놓고 옹기종기 마루에 걸터앉아서
꺼끌꺼끌한 보리밥에 푸성귀 된장국 먹던 시절

청운에 꿈을 좇아서 산골 오지를 떠나오게 되고
땟거리 걱정하지 않는 좋은 시절을 살아가지만
가족공동체는 뿔뿔이 흩어져 제각기 분주하고
허전한 마음에 아스라한 옛 생각이 간절해져서는
내 고향 산촌의 유년 시절이 더럭 그리워집니다.

붉어지는 잎새 / 김재진

비 갠 청명한 하늘가에 말간 햇살은
창공 가득하니 티 없이 대지에 가닿아
산야에 넘실대는 들꽃 향기는 짙어갑니다
앞산을 타고 내리는 잎새는 볼그레 집니다

가을걷이로 짧아진 하루해는 서녘으로 가고
저무는 강물에 긴 하루의 검은 손을 씻습니다
터벅터벅 집으로 가는 길섶의 낙엽 지르밟는 소리에
저민 가슴은 소슬바람이 차곡히 스러집니다

갈 녘의 바람 난 단풍 치맛단은 산 중턱을 타고 내려오고
치렁한 밤 근심에 꼬깃꼬깃하던 내 마음 귀퉁이에도
물안개 서리서리 피오르듯이 가을을 타나 봅니다
저무는 노을빛이 저리도 곱습니다

이녁의 하루해나 나의 하루가 별반 다르지는 않은지
풀벌레 귀뚜리 구슬피 우는 스산한 달빛 뜨락에는
철 따라 걸쭉해진 밀주 한잔 걸쳐야 견딜 듯합니다
바람도 숲 깃드는 왠지 모를 쓸쓸한 이 가을밤에.

시인
김정택

대한문학세계 시 부문 등단
(사)창작문학예술인협의회 회원
대한문인협회 대구경북지회 정회원

> 노을진 강 물결은 고요로 다가오고
> 스잔한 바람결에 금계국 수를 놓아
> 임 향한 발자국마다 그리움만 사무치네
>
> 풍우에 다칠세라 곱게도 품은 연정
> 검푸른 강물 위에 깊은 정 띄워놓고
> 보고 또 뒤돌아봐도 임 모습은 간곳없네

형산강 연가

시인 김정택

노을진 강 물결은 고요로 다가오고
스잔한 바람결에 금세국 수를 놓아
임 향한 발자국마다 그리움만 사무레네

풍우에 다칠세라 곱게도 품은 연정
검푸른 강물 위에 집은 정 띄워놓고
보고 또 뒤돌아봐도 임 모습은 간곳없네

왜가리 떠난 자리 적막이 찾아들면
황량한 갈대숲에 물새 울음 구슬퍼라
워어봉 석양을 딛고 임 소식을 물어본다

옹광로 높은 굴뚝 영일만 불 밝히고
불타는 쇳물 속에 청춘도 녹았구나
열정적 삶의 이야기 형산강아 알고 있나.

名人名詩는 名作으로 남는다.

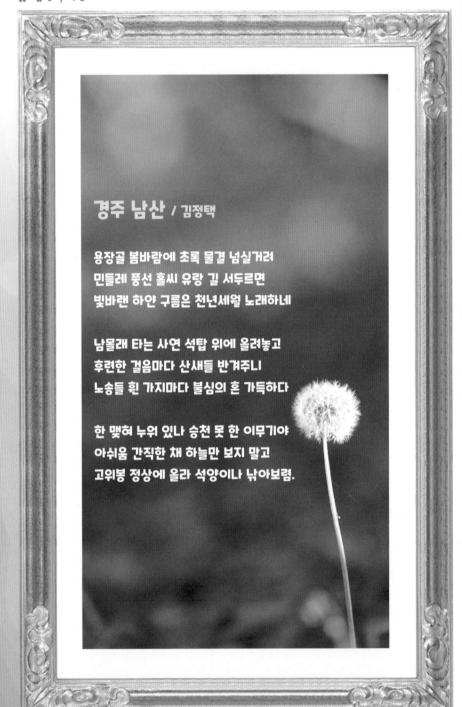

경주 남산 / 김정택

용장골 봄바람에 초록 물결 넘실거려
민들레 풍선 홀씨 유랑 길 서두르면
빛바랜 하얀 구름은 천년세월 노래하네

남몰래 타는 사연 석탑 위에 올려놓고
후련한 걸음마다 산새들 반겨주니
노송들 흰 가지마다 불심의 혼 가득하다

한 맺혀 누워 있나 승천 못 한 이무기야
아쉬움 간직한 채 하늘만 보지 말고
고위봉 정상에 올라 석양이나 낚아보렴.

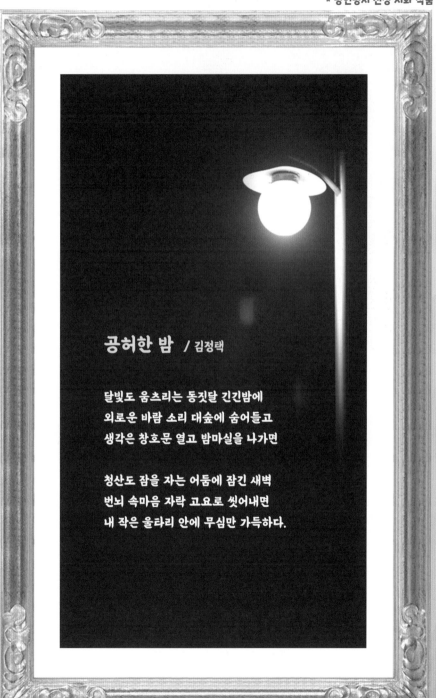

공허한 밤 / 김정택

달빛도 움츠리는 동짓달 긴긴밤에
외로운 바람 소리 대숲에 숨어들고
생각은 창호문 열고 밤마실을 나가면

청산도 잠을 자는 어둠에 잠긴 새벽
번뇌 속마음 자락 고요로 씻어내면
내 작은 울타리 안에 무심만 가득하다.

시인

김정희

시인, 시낭송가
대한문학세계 시 부문 등단
대한문인협회 상벌위원회 위원장 (전)
대한문인협회 서울인천지회 지회장 (전)

<수상>
대한문화예술인금상
올해의 시인상
한국문학 특별공로상
현대시 100주년 기념 시화전 참가 외 다수
대한창작문예대학 졸업 작품 경연대회 금상
순우리말 경연대회 동상
한 줄 시 경연대회 동상
명인명시 특선시인선 3년 연속 선정<2015년~ 2017년>

<공저>
특별 초대 시화 작품집 <유화에 시의 영혼을 담다>
동인문집< 들꽃처럼 2집, 3집>
대한창작문예대학 졸업 작품집 <비포장길>

부치지 못한 편지

시인 김 정희

해거름 쓸쓸함은 나뭇가지에 매달리고
허기진 마음이 바람을 향해 손짓했다

가슴 가득 채워 놓은 쓸쓸한 언어는
아슴아슴 피어나는 그리움 되어
길모퉁이 찻집에 앉아 편지를 썼다

커다란 우체통 앞에서
깨알 같은 사연을 만지작거리다가
너를 향한 내 마음을 넣었다

어둠이 내게로 와 레너을 깨우고
또다시 젖어 가는 밤바람에
나른은 총총걸음을 재촉했다

고독한 어둠에 불을 켜고
차마 보내지 못한 편지를 꺼내 읽다가
천천히 아주 천천히 젖고 만다.

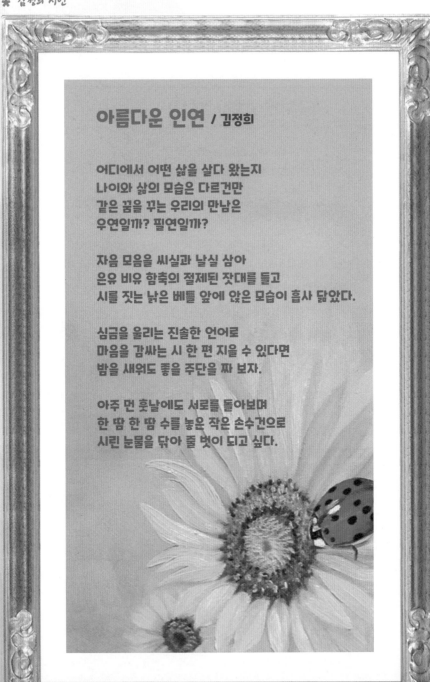

아름다운 인연 / 김정희

어디에서 어떤 삶을 살다 왔는지
나이와 삶의 모습은 다르건만
같은 꿈을 꾸는 우리의 만남은
우연일까? 필연일까?

자음 모음을 씨실과 날실 삼아
은유 비유 함축의 절제된 잣대를 들고
시를 짓는 낡은 베틀 앞에 앉은 모습이 흡사 닮았다.

심금을 울리는 진솔한 언어로
마음을 감싸는 시 한 편 지을 수 있다면
밤을 새워도 좋을 주단을 짜 보자.

아주 먼 훗날에도 서로를 돌아보며
한 땀 한 땀 수를 놓은 작은 손수건으로
시린 눈물을 닦아 줄 벗이 되고 싶다.

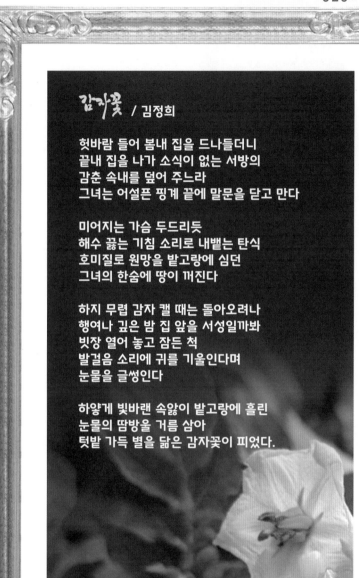

감자꽃 / 김정희

헛바람 들어 봄내 집을 드나들더니
끝내 집을 나가 소식이 없는 서방의
감춘 속내를 덮어 주느라
그녀는 어설픈 핑계 끝에 말문을 닫고 만다

미어지는 가슴 두드리듯
해수 끓는 기침 소리로 내뱉는 탄식
호미질로 원망을 밭고랑에 심던
그녀의 한숨에 땅이 꺼진다

하지 무렵 감자 캘 때는 돌아오려나
행여나 깊은 밤 집 앞을 서성일까봐
빗장 열어 놓고 잠든 척
발걸음 소리에 귀를 기울인다며
눈물을 글썽인다

하얗게 빛바랜 속앓이 밭고랑에 흘린
눈물의 땀방울 거름 삼아
텃밭 가득 별을 닮은 감자꽃이 피었다.

시인
김혜정

〈저서〉

제3시집 / 돌아보는 시선 끝에는

대한문학세계 시 부문 등단
(사)창작문학예술인협의회 부이사장
대한창작문예대학 6기 졸업
문예창작지도자 자격 취득
시낭송가 인증서 취득
대한창작문예대학 지도 교수

한국문학비평가협회 문학상
대한창작문예대학 졸업 작품 경연대회 대상
대한민국문학예술 대상
한국문화 예술인 대상
한국문학 문학대상 외 다수

제1시집 "어떤 모퉁이를 돌다" (2009년)
제2시집 "먼, 그래서 더 먼" (2015년)
제3시집 "돌아보는 시선 끝에는" (2019년)
명인명시 특선시인선 외 다수
대한창작문예대학 제6기 졸업 작품집 "동반의 여정"

돌아가고 싶은 날의 풍경

시인 김혜정

아득한 꿈길인양 들려오는
그 옛날
어머니의 물 긷는 소리와
아버지의 소꼴 썩는 소리가
웃는 세월에 야윈 모습으로 남아 있다

별빛이 유난히 밝게 돋는 날
나는 낯선 거리를 걸으며
흐릿하게 떠오르는 추억 속을
타이터리럼 기웃거리고
박꽃 같은 하얀 속살을 만져락거린다

물과 구름이 맑아
은하수터럼 빛이 흐르는 마을
가고 없는 시절 속에 피어나
밤노래를 떠는 다정한 그리움은
돌아가고 싶은 날의 풍경이다

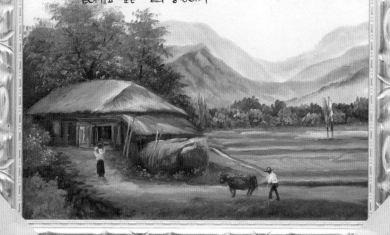

인연 / 김혜정

아름다운 꽃잎 위에 새긴 인연
우리라는 줄기를 세우고
믿음으로 잔잔한 뿌리를 내려
한 떨기 꽃으로 완성되는 사랑이여

하늘 아래 운명으로 주어진
꼬리표를 달고
하나 된 삶의 노래 뜨겁게 부르며
숙명처럼 살아가는 우리

가슴 아픈 고통과 슬픔도
함께 나누며 걸어가는
진실한 믿음의 사랑이 있기에
견디어 낼 수 있는 것이리라

한 세상 두 손 마주 잡고
내일의 아름다운 삶을 위해
하얀 웃음 담으며
백합 같은 순결한 노래 부르리라.

하얀 민들레 / 김혜정

바람이 나풀나풀 춤을 춘다
구름도 하늘하늘 춤을 춘다

땅 위에 낮게 엎드린 하얀 민들레
한 계절 내내 곱게 품었던 연정
한올한올 홀씨로 풀어
길 없는 길을 떠나 하늘 향해 날아오른다

바람이 머무르는 곳
구름이 꽃으로 피어나는 곳
그대 사랑이 살아 숨 쉬는 그곳에
한 떨기 꽃이 되어 스민다

시인

김희경

대한문학세계 시 부문 등단
(사)창작문학예술인협의회 회원
대한문인협회 정회원
대한문인협회 부산지회 정회원
2018년 향토문학상 동상
2019년 명인명시 특선시인선 선정
2019년 짧은 시 짓기 장려상
2019년 한국문학 향토문학상
2020년 명인명시 특선시인선 선정

찔레꽃 어머니

시인 김희경

키가 많이 자란 찔레꽃
여름철 한껏 팔을 뻗으면
아버지가 밭에 그늘 진다고
낫으로 툭툭 쳐내었던 하얀 꽃

냇물이 밭 능선 넘을 때도 견디며
웃음으로 손 내밀며 다독주던 찔레꽃
가뭄에 갈라진 이랑. 땀 깊은 시름에
가운 몸 흔들어 바람 보내던 고운 꽃

어머니는 찔레꽃에 잠드시고
그늘진 감나무는 병풍처럼 서서
젖은 눈빛 되어 순간의 이야기를 들려줍니다

동생이 처음 심은 고구마
엄니가 심어둔 영산홍
추억의 꽃잎으로 날리면
어머니의 잔디에도 사랑이 피어납니다

名人名詩는 名作으로 남는다.

장마 / 김희경

당신이 나비가 아니라
꽃이든
내가 꽃이 아니라
나비이든

그것이 무엇이 중요합니까

나는 흔쾌히 나비춤 추고
당신은 내게 아직도 나비 날 듯
꽃보다 더 향기 지천인데

당신이 꼭 나비여야 하고
내가 꼭 꽃이어야만 한다면
그것만큼 슬픈 것도 없습니다

집념은 벽이었지요
고집이 끝내 울음 지더이다
오래 벗어나지 못해 설웁더이다.

노을 / 김희경

먼발치에서 더 사무치는 것이다
완전한 이별일 때 더 아름다운 것이다

추억이라 꺼내지 못하고
세월이라 이름 붙여보기도 하는 것은
제대로 이별한 아름다움에 닿지 못한 것은
그렇게 아파야 할 때가 있다는 것이다

잊힘이 무덤 같고
잊는 것이 암흑이던 고통이 힘을 잃고
추억으로 일어나 먼 길 돌아 나오면
홀로 따스히 안아주며 눈시울 붉어지기도 하는 것이다
허무조차 담담해질 그 저물녘
비로소 애잔히 회억하는 것이다

마침내, 완전한 이별 앞에 서서는
남은 상처와 고통의 흔적마저
지독했던 고독의 고독한 그림자마저
미련 없이 부수어 던져내며
그리하여 일생,
나답게 살고 덕분에 사랑 알았노라!
온 하늘 한번 불지르고 잊히는 것이다

시인

김희선

<저서>

시집 / 인연의 꽃

부산 거주
한국방송통신대학교 국어국문학과 졸업
대한문학세계 시 부문 등단
(사)창작문학예술인협의회 회원
대한문인협회 부산지회 지회장
순우리말 글짓기 전국 공모전 은상(2015, 2017)
한국문학 올해의 시인상(2015)
한국문화 예술인 금상(2017)
짧은 시 짓기 전국 공모전 은상(2018)

사랑하는 딸에게

시인 김희선

가을이 무르익어가는 청명한 하늘 아래
둘이서 하나가 되는 굳은 약속의 날,
신의 축복이 내리는 귀한 인연 앞에서
이토록 가슴 벅찬 기쁨을 맞이하였구나!

너는 화사한 봄꽃으로 피어난
내 생애 최고의 선물이었고
한겨울 아침 햇살 같은
따뜻한 희망이 되어 주었다

이제, 세상에서 가장 아름다운 여인으로
영롱한 동반자와 넉넉한 가슴으로
가을 단풍보다 더 곱게 꿈물을 들이고
한 올 한 올 믿음으로 수놓으며
소중한 도슴다리를 알뜰하게 엮어가는구나

암울한 세상을 사는 이들에게
한 줄기 빛이 되고파
고귀한 사명감이 자랑스러운
사랑 많은 내 아이야

나의 앞날에
이 가을날 알차고 풍성한 열매처럼
행복이 주렁주렁 열리길 기도한다

名人名詩는 名作으로 남는다.

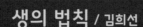

생의 법칙 / 김희선

내 탓이라는 절규에
가슴이 사방으로 찢긴다

나로부터 비롯된 생의 연결 고리
내 안에 깊숙이 내재되어 있던
어두운 기운이 분출하여 세상을 지배한다

차가운 계절에 더욱 절실해지는 따뜻함처럼
부족함을 갈구하려는 필연적 이끌림

최고의 정점을 찍고
스스로 쇠퇴해져 가는 것은
순리를 따르는 노련함

가장 낮은 곳이 출발점이 되듯
최악의 순간도 최선을 다했다면
회한이 조금은 덜 남을 것이다

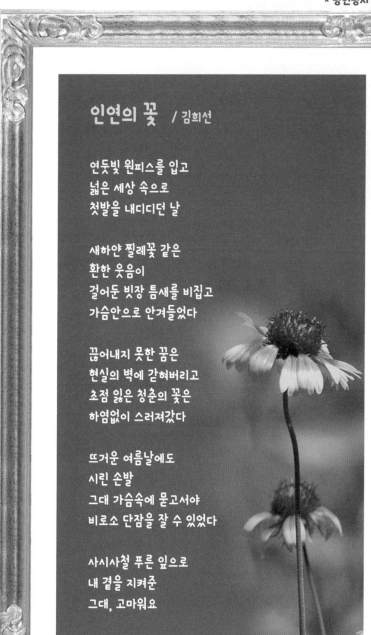

인연의 꽃 / 김희선

연둣빛 원피스를 입고
넓은 세상 속으로
첫발을 내디디던 날

새하얀 찔레꽃 같은
환한 웃음이
걸어둔 빗장 틈새를 비집고
가슴안으로 안겨들었다

끊어내지 못한 꿈은
현실의 벽에 갇혀버리고
초점 잃은 청춘의 꽃은
하염없이 스러져갔다

뜨거운 여름날에도
시린 손발
그대 가슴속에 묻고서야
비로소 단잠을 잘 수 있었다

사시사철 푸른 잎으로
내 곁을 지켜준
그대, 고마워요

시인
김희영

대한문학세계 시 부문 등단
대한문학세계 수필 부문 등단
대한문인협회 인천지회 정회원
(사)창작문학예술인협의회 이사

〈수상〉
순우리말 글짓기 대상
짧은 시 짓기 대상
한국문학 예술인 대상 (대한문인협회)
명인명시 특선시인선 6회 선정

동인지 아름다운 들꽃 외 다수

〈저서〉

시집 / 시간 속에 갇힌 여백

할머니와 무쇠솥

시인 김희영

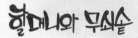

마당 가장자리에
제자리처럼 자리 잡은 무쇠솥
반질반질 할머니의 정성이
솥뚜껑 위를 서성인다.

뚜껑의 무거운 짓눌림은
고소한 밥 내음만으로 배부르다

봄맛이 나온 쑥
개떡이 되어 대청마루에 놀고
여름 뜨거운 햇살을 피해
땅속에 숨은 감자
맵싸루 뒤덮어쓴 수제비 되어
동네 한 바퀴 돌고

머리 무거운에 고개 숙이던 수수
배고픈 아이 웃음으로
피어나게 하는
후한 인심의 무쇠솥

가난과 씨름하던
힘겨움 속에서도
나눔을 피워내던 무쇠솥

배고픈 이들과 함께한
할머니의 마음으로
오늘 나는 무쇠솥을 닦는다.

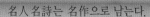

名人名詩는 名作으로 남는다.

장미와 어머니  / 김희영

우리 집엔 담장이 없다
어머니의 권유로 돌담을 헐어 내고
오색장미를 심었다

빨간 덩굴장미를 양쪽에 올려 대문을 만드니
마당과 대청마루와 뜰이 훤히 보인다

지나가는 사람마다 발걸음을 멈추고
장독대 가장자리와 앞, 뒤뜰에 있는
여러 가지 색깔의 잘 손질된 모둠 화원을 보며
어머니의 모습 같다고 입을 모은다

젊었을 때는 성정이 약간 까칠하셔도
아내의 매력은 그 톡톡 쏘는 가시라며
웃으시는 아버지

나누는 재미로 사람들의 마음에
향기를 전하는 장미꽃 같은 어머니
아버지의 열열한 사랑의 대상이었다

세월이 지나 얼굴에 주름이 가득해도
매력만은 여전하시다

별자리 여행 / 김희영

칠월이면 청초 타는 냄새 가득한 마당
저녁 먹은 대나무 평상, 담소와 어우러지고
아버지의 팔베개, 높고 푸른 별자리 여행

무리 지어 쏟아져 내리는 은하수 폭포 건너
북극성을 지나서
아버지는 내 별자리 전갈을 찾는다

주름진 검지 손, 징검다리 만드시는 사랑의 검지
아버지의 손길 따라 떠나는 별자리 여행
가슴에 빛난 별을 품으라신 그리운 목소리

그리운 저녁 찾아보는 별자리
당신의 별자리 참고로 정해 보았는데
궁수자리의 온화한 미소

세상의 꿈을 펼치고 있느냐........

시인
류향진

대한문학세계 시 부문 등단
(사)창작문학예술인협의회 회원
대한문인협회 정회원
대한문인협회 인천지회 정회원
문학어울림 회원

〈공저〉
동인시집 텃밭 9호, 10호, 11호, 12호
동인시집 어울림 2
동인시집 글꽃바람 1

초원

시인 류향진

소리가 들리지 않을 때
초원에 가면
풀잎 속에서 들려오는
바람의 노래

하얀 뭉게구름까지 닿을 듯
무리지어 사방으로
춤추는 풀잎들

넓디넓은 초원에
홀로 서 있는
커다란 나무 한 그루

초원을 휘도는
크고 작은 풀잎 꼭 안고
끊임없이 불러는
바람의 노래

名人名詩는 名作으로 남는다.

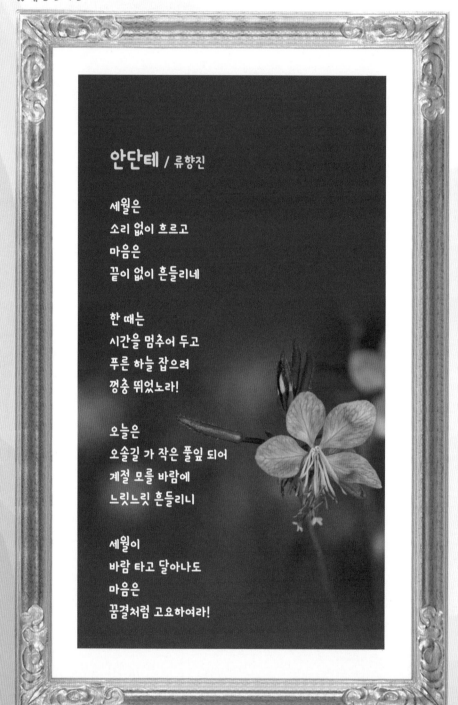

안단테 / 류향진

세월은
소리 없이 흐르고
마음은
끝이 없이 흔들리네

한 때는
시간을 멈추어 두고
푸른 하늘 잡으려
껑충 뛰었노라!

오늘은
오솔길 가 작은 풀잎 되어
계절 모를 바람에
느릿느릿 흔들리니

세월이
바람 타고 달아나도
마음은
꿈결처럼 고요하여라!

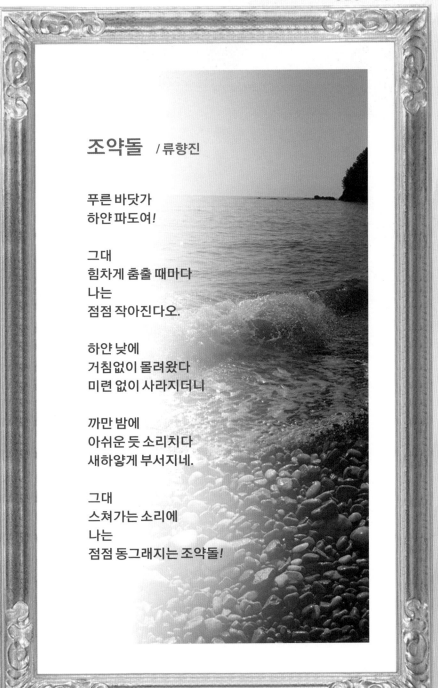

조약돌 / 류향진

푸른 바닷가
하얀 파도여!

그대
힘차게 춤출 때마다
나는
점점 작아진다오.

하얀 낮에
거침없이 몰려왔다
미련 없이 사라지더니

까만 밤에
아쉬운 듯 소리치다
새하얗게 부서지네.

그대
스쳐가는 소리에
나는
점점 동그래지는 조약돌!

시인

문철호

〈저서〉

제1시집 / 금강하굿둑에서

호號 : 백하柏下
문학박사
대한창작문예대학 교수
서천문화원 회원
대한문인협회 회원
대전문인총연합회 회원
한국현대시인협회 회원
3·8민주의거기념사업회 회원
국제계관시인연합·한국위원회(UPLI-KC) 회원

구) 항공문학상 심사위원
현) 계간『대한문학세계』신인문학상 심사위원
현) 짧은 詩 짓기 전국 공모전 심사위원
현) 순 우리말 글짓기 전국대회 공모전 심사위원
국어『모든 것 시리즈』검토 위원(㈜꿈을담는틀. 2018)
문학 2015 개정 교육과정 교과 공동 연구(㈜지학사. 2018)

제2시집 / 너처럼 예쁘다

흑장미

 시인 문철호

세상은 눈부신 장미의 향연
거리마다 덩굴장미가 온통 붉다

하얀 그리움의 나무에
붉은 입술의 장미가 자태를 뽐내며
여기저기 흐드러지게 피었다

붉은 덩굴장미 속에서도
도드라지게 핀 한 떨기 흑장미

못 나이에 눈꽃 피던 날 노래한
붉은 입술 하얀 그리움을
가득 머금은 겨울 장미가 피어난 듯

눈을 지그시 감고 우수에 젖은 모습
내 마음을 흔들어 사로잡는 너

名人名詩는 名作으로 남는다.

겹벚꽃 / 문철호

벚꽃이 떠나 텅 빈 자리에
진분홍 꽃망울이 꼬물꼬물

담백하고 고결한 그대가
만첩으로 우아하게 핀다

로마의 휴일 앤 공주처럼
예쁜 눈망울에 벙그는 미소

심장을 쿵쾅쿵쾅 뛰게 하고
설레게 하는 단순호치의 그대

마거리트 / 문철호

푸른 하늘에 뭉게구름 같은
말괄량이 마거리트의 마음
산들바람에 하늘하늘 흔들거리고
순백의 공주 같은 얼굴에
화심은 어린애 같은 순수
앞 못 보는 아저씨 깔깔대며 골렸지

날마다 골려도 웃어주던 아저씨가
낳아 준 아버지인 줄 뒤늦게 알고
한없이 미안하고 죄스러워
그 자리에서 꽃이 된 마거리트
하늘 향해 사죄하는 속죄양
마음속에 감춘 사랑 진실한 마음

"아버지! 사랑합니다."

시인
박기만

대한문학세계 시 부문 등단
(사)창작문학예술인협의회 회원
대한문인협회 광주전남지회 정회원

명인명시 특선시인선 선정 (2017, 2019, 2020)
2019년 한국문학 올해의 시인상
2016년 한국문학 향토문학상

쉬운 게 아니야

헤어지기가
말같이 쉬운 게 아니야

시인 박기만

한 사람을 지워야 할 때는
그냥 지운다고 되는 게 아니야
그 사람과 같이한
그 모든 기억, 장소, 추억까지도
함께 지워야 하니까

한 사람을 잊어야 할 때도
그냥 잊는다고 잊히지 않아
그 사람과 함께한
그 모든 웃음, 향기, 소리까지도
함께 잊어야 하니까

그래서
힘든 거야

名人名詩는 名作으로 남는다.

시 한 수 읊노라면

/ 박기만

세상을 살다 보면
만고풍상 겪을진대

그렇다고 내 신세만
한탄하며 허송세월 보낼쏘냐

산수와 풍류도 즐기며
때론 풍악 소리에

어쭙잖은 시 한 수 읊노라면
천하에 맘 편한 이

나 말고
또 그 누구 있으랴!

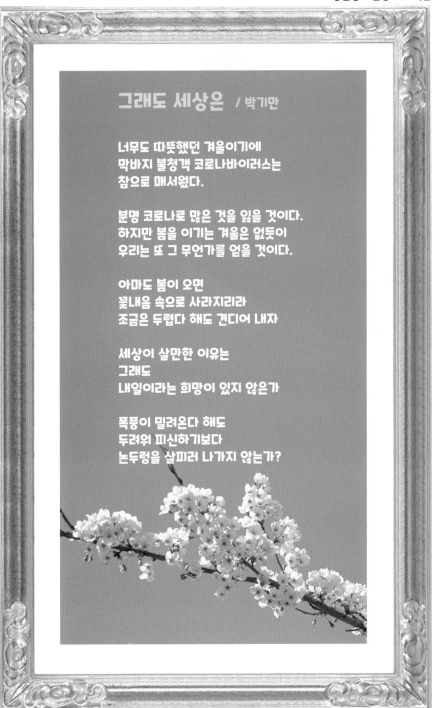

그래도 세상은 / 박기만

너무도 따뜻했던 겨울이기에
막바지 불청객 코로나바이러스는
참으로 매서웠다.

분명 코로나로 많은 것을 잃을 것이다.
하지만 봄을 이기는 겨울은 없듯이
우리는 또 그 무언가를 얻을 것이다.

아마도 봄이 오면
꽃내음 속으로 사라지리라
조금은 두렵다 해도 견디어 내자

세상이 살만한 이유는
그래도
내일이라는 희망이 있지 않은가

폭풍이 밀려온다 해도
두려워 피신하기보다
논두렁을 살피러 나가지 않는가?

시인
박기만

대한문학세계 시 부문 등단
(사)창작문학예술인협의회 회원
대한문인협회 광주전남지회 정회원

명인명시 특선시인선 선정 (2017, 2019, 2020)
2019년 한국문학 올해의 시인상
2016년 한국문학 향토문학상

멋진 편지

시인 **박기만**

무언가
새것이 생기면
의욕을 갖게 하는 것 같아

오늘 친구로부터 새 만년필을
선물 받았다
꽤 고급스레 보이는 새 펜

새 펜이 생기니까
뭔가 쓰고 싶고
또 쓰고 막 그리고 싶어

펜을 선물하는 마음에는
내가 느낀 그런 마음까지
선물한 것 같아

오늘은 이 새 펜으로
예전엔 미처 생각지 못한
멋진 편지를 써야지

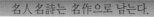

名人名詩는 名作으로 남는다.

바람 부는 날이면 / 박기만

오늘같이 바람이 부는 날
시리도록 푸른 하늘을 보노라면
그림 그리듯 네가 떠오른다

바람 따라 구름 따라
나도 모르게 저 하늘 끝으로 가면
너의 향기를 찾을 수 있을까

반가운 마음에 일어나
창문을 열면 내 마음같이 바람이
너의 향기를 실어 올지도 몰라

너에게 머무른 내 마음
잊지 못하고 더 아프기만 해
이렇게 바람이 부는 날에는

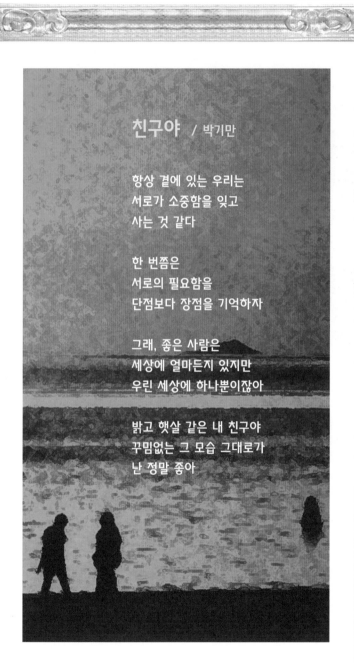

친구야 / 박기만

항상 곁에 있는 우리는
서로가 소중함을 잊고
사는 것 같다

한 번쯤은
서로의 필요함을
단점보다 장점을 기억하자

그래, 좋은 사람은
세상에 얼마든지 있지만
우린 세상에 하나뿐이잖아

밝고 햇살 같은 내 친구야
꾸밈없는 그 모습 그대로가
난 정말 좋아

시인
박기숙

시인, 수필가
좋은문학창작예술인협회 시, 수필 부문 등단
좋은문학창작예술인협회 시, 수필 부문 작가상 수상
대한문인협회 경기지회 정회원
한국문학 향토 문학상 수상.

서울국제 베뢰아 대학원 대학교에서 베뢰아 아카데미
본강 수료.

방송통신대학교 영어
영문학과 졸업.
성악, 기악 전공(피아노, 기타, 바이올린, 하모니카)
전 영어, 음악교사 역임.

6월의 장미

시인 박기숙

6월의 훈풍이 빨간 장미꽃을
살짝 애무하며 지나간다
단한 여린한 장 내음이 달콤한
향기가 되어 내 코를 간지럽힌다

장미 넝쿨의 발톱 가시가
안간힘을 쓰며 새로운 담장을
있는 힘을 다하여 넘어오고 있다

지난날의 나의 인생도
6월의 장미가 옆벽의 담장을
넘어오듯이 그렇게 줄다리기를 하며
나의 인생의 담벽을 힘들게 넘어왔다

아직도 나의 인생길은 어디인지
장미꽃이 뿌려진 평탄대로만
있는 게 아니라
때로는 초로한 가시밭길도 있겠다

홀로 속삭이며
오늘도 나는
따사로운 6월의 장미숲 길을
나 홀로 걸어가고 있다

아카시아꽃이 필 때면 / 박기숙

우리 집 농원 언덕 위에
아카시아꽃이
하얀 목화송이처럼
몽실몽실 피어오르고

그 아래 시냇가에는 길 양쪽으로 빨간 딸기가
새빨갛게 여름 속에서
익어간다.

딸기나무와 하얀 찔레꽃 나무가 서로 어우러져서
한 폭의 정물화를
그려 내고 있다

자연의 온 삼라만상이
요술쟁이인가 보다.

꽃의 화려함과 자연의 오묘함은
파노라마 시네마를 연출하고 있다.

아카시아꽃이 하얀
너울 쓰고 하늬바람에
춤을 추면

내 마음도
흥에 겨워
춤을 추는 무희가 된다.

하얀 찻잔 / 박기숙

노란 테이블에 하얀 찻잔을
올려놓고 그대를 기다립니다.

몽실몽실 피어나는 하얀 김이
한 송이 눈꽃처럼

하늘을 향해 그리움의 꽃이 되어 천공 속으로 날아간다.

하얀 찻잔이 식기 전에 그대와 마주 앉아

지난 옛이야기를 전설
속에 담아 나누고 싶다.

어디선가 고요함 속에서
'G선상의 아리아'가
내 마음을 마구 흔들어 놓는구나.

시인

박남숙

〈저서〉

경북 문경 출생 (구미 거주)
대한문학세계 시 부문 등단
(사)창작문학예술인협의회 회원
대한문인협회 정회원
대한문인협회 대구경북지회 정회원
대한시낭송가협회 정회원

시집 / 그리운 것은 사랑이다

〈수상〉
2018년 향토문학 작품경연대회 대상
2018년 한국문학 올해의 시인상
2019년 순우리말 글짓기 은상
2019년 짧은 시 짓기 은상
2019년 대한창작문예대학 제9기 졸업 작품 경연대회 은상
2019년 한국문학 발전상
2020년 이달의 시인 선정

꽃에 물들다

시인 박남숙

봄빛이 참새의 날개 속에서 날아올라
무르익은 햇빛이 아지랑이 되듯
빛깔 속으로 깊이 날아들었습니다

나뭇잎에 묻어나는 송홧가루처럼
조금씩 조금씩 손끝으로 들어와
모세혈관을 타고 심장으로 피고들었습니다

옷깃에서 묻어나오는
삶의 숨결이 꽃이 되듯
결 긴 시간의 흐름이 아니어도
마음 한 가닥에 사랑 꽃이 되었습니다

양귀비 꽃잎보다 더 열정적으로
피어날 우리의 소중한 사랑
단아하게 물들어가는 동행의 길 숲
서로의 덧빛이 되어 피어나고 싶습니다.

名人名詩는 名作으로 남는다.

나팔꽃 / 박남숙

아주 가끔은
익숙한 길에 서 있어도
그 자리가 낯설게 느껴질 때가 있다

돌 틈 사이에 두꺼운 허물을 벗고
새싹을 밀어 올려 꽃이 피기까지의
그 목마름을 누가 알아줄까

설렘의 입술로 단아하게 피어올라
너의 심장 박동을 들을 수 있을 때
그때는 이미 해후의 꿈을 꾸고 있을 것이다

꽃잎에 사랑의 문신을 찍어 넣고
인연의 밭고랑에 우리라는 꽃이 피는 날
환하게 보랏빛으로 번져가고 있다.

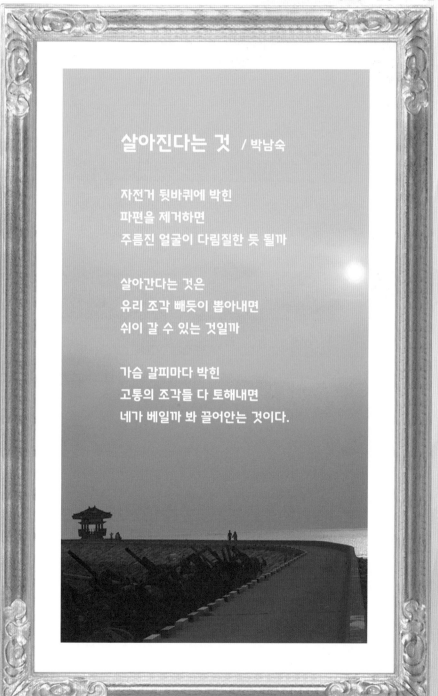

살아진다는 것 / 박남숙

자전거 뒷바퀴에 박힌
파편을 제거하면
주름진 얼굴이 다림질한 듯 될까

살아간다는 것은
유리 조각 빼듯이 뽑아내면
쉬이 갈 수 있는 것일까

가슴 갈피마다 박힌
고통의 조각들 다 토해내면
네가 베일까 봐 끌어안는 것이다.

시인
박상현

대한문학세계 시 부문 등단
(사)창작문학예술인협의회 회원
대한문인협회 서울지회 정회원
2020 명인명시 특선시인선 선정

> 웃음이 떠들고 지나간 자리마다
> 꽃들이 피어났으면 좋겠습니다.
> 아픔이 머물렀던 자리마다
> 별빛 같은 희망이 가득했으면 좋겠습니다.
> 햇살과 바람이 만나
> 향기로운 들꽃을 피웁니다.
> 우리들의 삶이 아침이슬처럼 깨끗함으로
> 햇살이 머물길
> 매일매일 소망합니다.

동백꽃

시인 박상현

붉은 입술마다 하얀 면사포
구슬구슬 맺힌 그리움
동백새 깃털마다 붉은 꽃물
아픈 이별 되어 약속은 툭툭 떨어진다

태양이 제비 같은 햇살을
꽃봉오리에 내려놓던 날
동백꽃 아래 앉아 닦은 하늘을 바라보다 잊었으니
목화꽃 닮은 사이씨 그리움으로 딜러있다

콘트라베이스 혀에 지나가듯
꽃봉오리 떨어지는 소리에 두런이는 밤
함박꽃 닮은 눈송이 붉은 호롱불꽃 위에서 춤을 춘다

보라순 땅림을 붙들고 잊어서는 계절
봄비를 맞고 훌훌 떠나가는 꽃잎 뒤로
독련꽃이 하얀 면사포 쓰고 따라온다

名人名詩는 名作으로 남는다.

능소화 / 박상현

개구리 뒤척이는 소리에
밤은 저만치 밀려가고
토라진 여인의 맘이 까슬한 보리 이삭처럼 흩어질 때
능소화가 주홍빛 연등불을 켠다

정갈한 황토 골목길에 뛰어다니던 웃음소리는
아무렇게나 그려놓은 담장에 기대어 서 있다

책갈피 속에 담아놓은 평화로운 그리움이
석류알처럼 들어섰다가 어머니의 보랏빛 도라지꽃 속에서
솔래솔래 녹아내리는 날
능소화 넝쿨 한 뼘씩 기다림으로 출렁인다

물빛 치마 걷어 올리고 불 밝히는 능소화
장마 빗물처럼 넘치는 어머니의 고단한 잠꼬대에 기대어 서서
감자꽃 피어나는 밭고랑에 주홍빛 연등을 수놓는다

거미 / 박상현

별들이 산딸나무 꽃 되어
햇살에 누워 기지개를 켜는 5월
나는 꽃그늘에 누워 별 닮은 당신을 그려봅니다

달맞이꽃 꽃대가 달빛을 찾아
어린아이 걸음처럼 아장아장 걸어가는
어스름 저녁 어디선가 작은 거미 한 마리가
하늘에 별을 그물에 매달고 있습니다
하늘을 꽉 채운 그물 속엔 달빛이 하얗게 물들고 있네요

담쟁이처럼 아슬아슬 허공을 달리는 거미 한 마리
고래 닮은 나방 한 마리를 액자처럼 걸어두고
이슬처럼 피어나는 꽃들을 바라다봅니다
반딧불처럼 식어가는 시간
제 몸의 시간을 뽑아 하늘을 채워가는 거미를 봅니다

시인
박영애

대한문학세계 시 부문 등단
문예창작지도자 자격증 취득
시낭송지도자 자격증 취득
현)(사)창작문학예술인협의회 부이사장
현)대한시낭송가협회 회장
현)대한창작문예대학 지도 교수
현)시낭송교육 지도 교수
현)대한문학세계 심사위원
현)대한문화예술방송 아트티비
　　　'명인명시를 찾아서' MC

<시낭송 모음집>

시낭송 모음 8집 / 시 마음으로 읽다

시낭송 모음 7집 / 시 소리로 삶을 치유하다.

시낭송 모음 6집 / 시 소리로 삶을 치유하다.

봄에게

시인 박영애

겨우내 숨겨 두었던
사무친 그리움이
연분홍빛 사랑으로 피어납니다.

혹여나
임 보고픔에 기다리다 지쳐
꽃이 다 진다해도
임 향한 마음은 연초록 빛으로
남겨두겠습니다.

그래도 오시지 않는다면
흔들리는 가녀린 마음 꼭 부여잡고
임 그리며 기다리겠습니다.

봄은 또 다시 오니까요.

名人名詩는 名作으로 남는다.

모닝 커피 한 잔 / 박영애

아침 커피 한 잔 속에
세상사 이야기 다 담아있다

커피 향이 은은하게 퍼지면
이야기보따리 풀어내고
기분에 따라 커피 향이 달라진다

누군가는 달달하며 부드럽고
또 씁쓸하고 텁텁할 수 있지만
그 한 잔 속에
삶의 희로애락 다 녹아있다

커피 한 모금으로
지난 밤사이 불편했던 마음을 마셔 버리고
또 한 모금으로
사랑할 수 있는 마음을 마신다

진한 커피 한 잔 속에
하루를 살아갈 수 있는 희망을 담는다.

은밀한 비밀 / 박영애

떨리는 마음
살포시 숨죽여 기다리며
살짝이 엿보았다

눈에 담고 담아도
또 보고 싶어 눈이 간다

눈이 갈수록
손도 조금씩 바빠진다

그 손길이 닿을 때마다
긴장하며 깊게 빨려 들어간다

모든 것이 멈추면
그 짧은 순간
너와 나는 하나가 되었다

아!
살짝 터치했을 뿐인데
어쩜 이리 매력적일까
흠뻑 빠져 버린다

앨범 속에 환하게 웃고 있는
너를 만난다.

시인

박희홍

〈저서〉

시집 / 쫓기는 여우가
　　　　　뒤를 돌아보는 이유

대한문학세계(2016.09.)등단
(사) 창작문학예술인협의회 회원
대한문인협회 광주전남지회 정회원

〈저서〉
쫓기는 여우가 뒤를 돌아보는 이유
　　　　　　　　　(제1시집 2019.10.)

〈공저〉
비포장길(2017.06.)
현대시를 대표하는 명인명시 특선시인선
　　　　　　　(2017.12. ～ 2019.12. 3회)
세월을 잉태하여 2집(2019.03)

꼬부랑 엄마

시인 박 희홍

머리에 내린 서리
녹지 않고
얼굴엔 골 깊은 이랑
어눌한 말씨와 궁벵이 걸음
우직하고 둔한
등 굽은 소나무

구십여 년을
오직
자식 위하는 마음에
닮고 젊음 무시하고
무겁하게 쓰고 섰으니
그럴 만하다

땜직도 대수련도
어쭙한 방도가 없게
망가졌으니 날패져서
송구하고 후회막급하다.

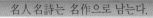

名人名詩는 名作으로 남는다.

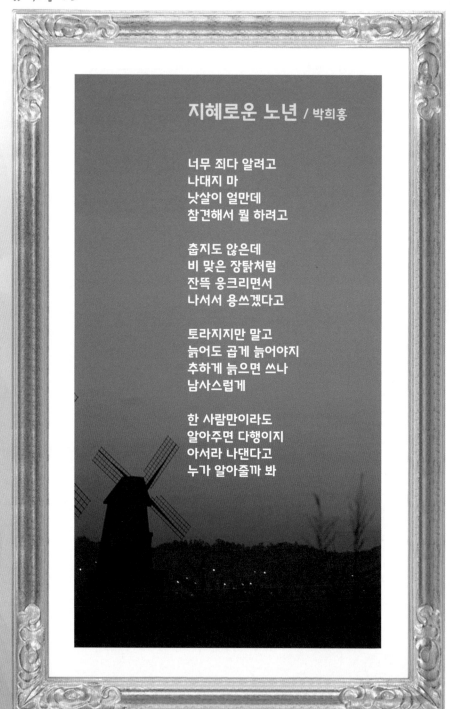

지혜로운 노년 / 박희홍

너무 죄다 알려고
나대지 마
낫살이 얼만데
참견해서 뭘 하려고

춥지도 않은데
비 맞은 장닭처럼
잔뜩 웅크리면서
나서서 용쓰겠다고

토라지지만 말고
늙어도 곱게 늙어야지
추하게 늙으면 쓰나
남사스럽게

한 사람만이라도
알아주면 다행이지
아서라 나댄다고
누가 알아줄까 봐

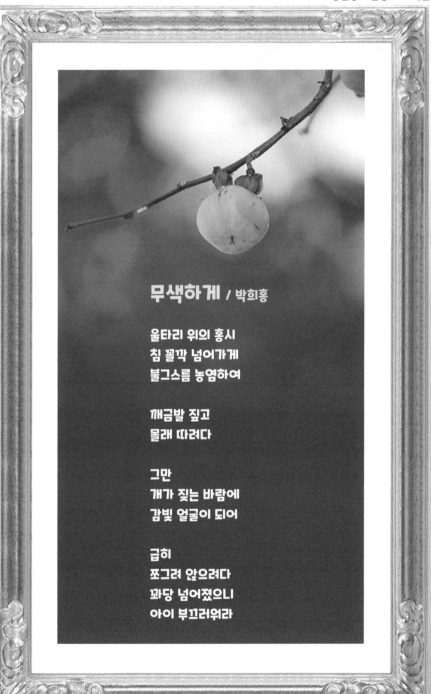

무색하게 / 박희홍

울타리 위의 홍시
침 꼴깍 넘어가게
불그스름 농염하여

깨금발 짚고
몰래 따려다

그만
개가 짖는 바람에
감빛 얼굴이 되어

급히
쪼그려 앉으려다
꽈당 넘어졌으니
아이 부끄러워라

시인
백승운

대한문학세계 시 부문 등단
(사)창작문학예술인협의회 회원
대한문인협회 서울지회 사무국장
2020년 명인명시 특선시인선 선정
2019년 대한문인협회 올해의 시인상 수상
2019년 위대한 한국인 대상 수상
2019년 지하철 승강장 안전문게시용 시 공모전 당선
2019년 (사)창작문학예술인협의회/대한문인협회 신인상 수상
2018년 좋은문학 창작예술인협회 시 부문 신인상 수상
현재 알에스오토메이션(주) 전략영업팀 이사 재직

고드름

시인 백승운

밤하늘의 별들이 유성우 되어
초롱초롱 떨어져 처마 밑에 달려서
긴 어둠의 피로에 잠이 들었다

시래기 말라가는 헛간
밤새 어머님의 사랑이
달강달강 바람에 따라고
푸석푸석한 작은 걱정들이
밤새 몸부림을 친다

아침부터 분주한 일상
햇님이 토닥토닥 다정과
행복한 미소 날리며 있어나면
처마 밑 대롱대롱 달려있는 사랑은

봄을 준비하는 긴 밤을
닫시 옆에 두고 간 어머님의
따뜻한 마음이 닫혀져
화란 얼굴로 쓱쓱 다라 간다.

名人名詩는 名作으로 남는다.

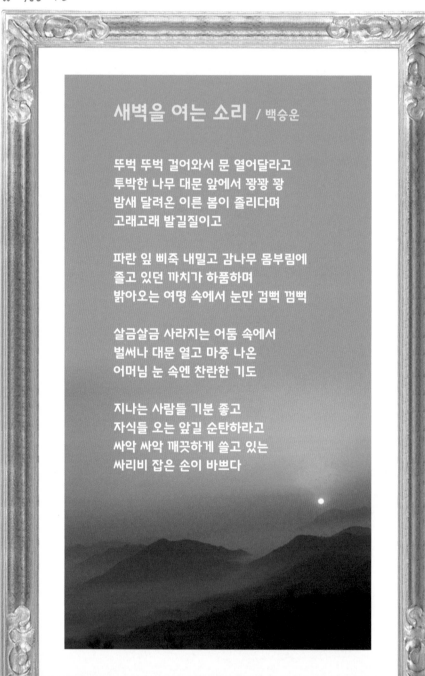

새벽을 여는 소리 / 백승운

뚜벅 뚜벅 걸어와서 문 열어달라고
투박한 나무 대문 앞에서 꽝꽝 꽝
밤새 달려온 이른 봄이 졸리다며
고래고래 발길질이고

파란 잎 삐죽 내밀고 감나무 몸부림에
졸고 있던 까치가 하품하며
밝아오는 여명 속에서 눈만 껌뻑 껌뻑

살금살금 사라지는 어둠 속에서
벌써나 대문 열고 마중 나온
어머님 눈 속엔 찬란한 기도

지나는 사람들 기분 좋고
자식들 오는 앞길 순탄하라고
싸악 싸악 깨끗하게 쓸고 있는
싸리비 잡은 손이 바쁘다

춤추는 능수버들 / 백승운

축 처진 어깨
땅을 향한 열망이 흔들흔들
지나가는 바람 붙들고
괜스레 시비를 건다

무기력의 계절에
차갑게 엉켜서 뒹구는 백수의 하품
뿌연 행복이 하늘 위로 날아가고

웅성웅성 발아래 깨어나는 생명들
희망의 일자리처럼
따스한 온기 되어 찾아오면

하나 둘 깨어지는 아픔
깨끗한 하늘빛 기지개 방긋이 웃으며
다가올 희망의 버들피리 불면

개울가 치렁치렁 능수버들
팔랑팔랑 생명의 날개 달고
행복의 나라로 신나게 그네를 탄다

시인

성경자

<저서>

시집 / 삶을 그리다

대한문학세계 시 부문 등단
사)창작문학예술인협의회 회원
대한문인협회 서울지회 정회원
한국문인협회 정회원
대한창작문예대학 8기 졸업

<수상>
2014년 9월 2주 금주의 시 선정
2015년 순우리말 글짓기 장려상
2015년 대한문인협회 한국문학 발전상
2016~19년 명인명시 특선시인선 선정
2014~16년 대한문인협회 올해의 시인상
2017년 1월 이달의 시인 선정
2017년 12월 한국문학 베스트셀러 작가 우수상
2018년 5월 대한창작문예대학 졸업 작품 경연대회 금상
우수작/ 낭송시/ 좋은시 다수 선정
2018년 9월 순우리말 글짓기 동상
2018년 12월 한국문학예술인 금상
2019년 4월 향토문학상 경연대회(서울지회) 은상
2019년 6월 짧은 시 짓기 전국 공모전 대상
2019년 9월 순우리말 글짓기 전국 공모전 은상
2019년 11월 1주 금주의 시 선정
2019년 12월 한국문학 예술인 금상

나뭇잎 하나

시인 성경자

침묵이 담기는 시간
나뭇잎 하나
기지개를 켜고 일어난다

일상 속에서
길을 잃고 방황하며
스스로 이름을 배우는 중이다

때로는 꺾기는 아픔도
때로는 사랑의 아픔도
때로는 떨어지는 아픔까지도

바람 따라 날지 않아도 좋다
모든 아픔을 배워야 하기에
오늘도 나는 방황한다.

名人名詩는 名作으로 남는다.

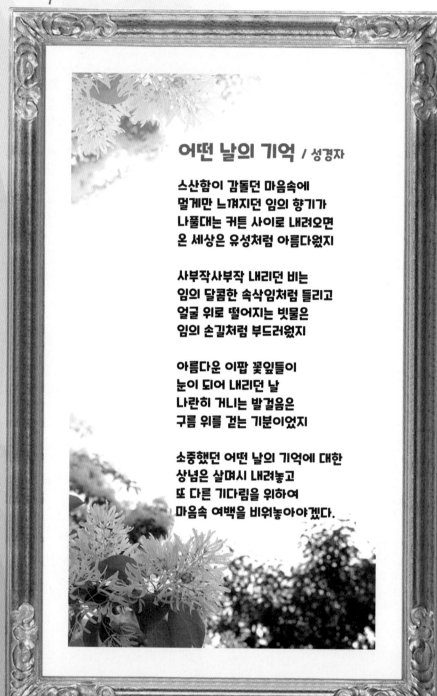

어떤 날의 기억 / 성경자

스산함이 감돌던 마음속에
멀게만 느껴지던 임의 향기가
나풀대는 커튼 사이로 내려오면
온 세상은 유성처럼 아름다웠지

사부작사부작 내리던 비는
임의 달콤한 속삭임처럼 들리고
얼굴 위로 떨어지는 빗물은
임의 손길처럼 부드러웠지

아름다운 이팝 꽃잎들이
눈이 되어 내리던 날
나란히 거니는 발걸음은
구름 위를 걷는 기분이었지

소중했던 어떤 날의 기억에 대한
상념은 살며시 내려놓고
또 다른 기다림을 위하여
마음속 여백을 비워놓아야겠다.

가을 연서 / 성경자

바람이 불지 않으면
멈춘 시간처럼 느껴지는
평안한 늦가을

따뜻한 햇볕 속에
찬바람은 온몸을 감싸고
눈부신 황금빛이 쏟아진다.

툭툭 떨어지는 짙은 향기
삶의 무게처럼 내려앉은 열매
들려주고 싶은 이야기가 많은가 봐

아침이면 나무 밑
수북이 쌓인 그리움의
연서들이 아쉬움을 먹는다.

가지 않고 멈춘 시간이 어디 있으랴
오늘도 발끝으로 바스락거리며
겨울바람에 따뜻한 봄날을 그린다.

시인

성경자

〈저서〉

시집 / 삶을 그리다

대한문학세계 시 부문 등단
사)창작문학예술인협의회 회원
대한문인협회 서울지회 정회원
한국문인협회 정회원
대한창작문예대학 8기 졸업

〈수상〉
2014년 9월 2주 금주의 시 선정
2015년 순우리말 글짓기 장려상
2015년 대한문인협회 한국문학 발전상
2016~19년 명인명시 특선시인선 선정
2014~16년 대한문인협회 올해의 시인상
2017년 1월 이달의 시인 선정
2017년 12월 한국문학 베스트셀러 작가 우수상
2018년 5월 대한창작문예대학 졸업 작품 경연대회 금상
우수작/ 낭송시/ 좋은시 다수 선정
2018년 9월 순우리말 글짓기 동상
2018년 12월 한국문학예술인 금상
2019년 4월 향토문학상 경연대회(서울지회) 은상
2019년 6월 짧은 시 짓기 전국 공모전 대상
2019년 9월 순우리말 글짓기 전국 공모전 은상
2019년 11월 1주 금주의 시 선정
2019년 12월 한국문학 예술인 금상

가을비

시인 성경자

한 조각 한 조각
숲은 그림 조각처럼
계절이 점점 깊어간다

강비는
새로운 세상을 만들고
꽃들이 잠들기 시작하면
가을바람은 살며시 손을 잡는다

문턱 넘어오는
시원한 바람에
나무는 붉은 편지를 쓰고
가을 귀뚜라미는 사랑을 노래한다.

名人名詩는 名作으로 남는다.

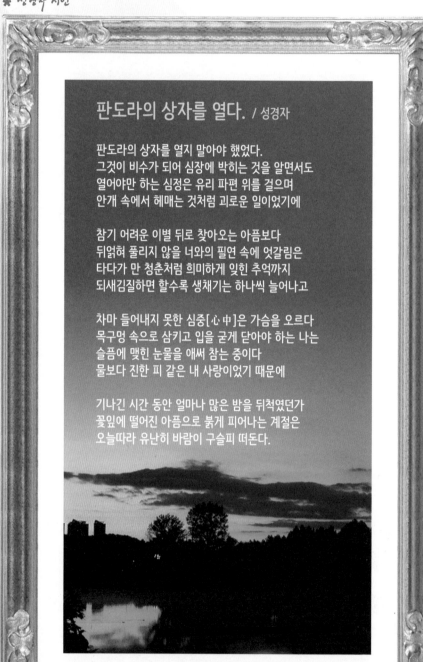

판도라의 상자를 열다. / 성경자

판도라의 상자를 열지 말아야 했었다.
그것이 비수가 되어 심장에 박히는 것을 알면서도
열어야만 하는 심정은 유리 파편 위를 걸으며
안개 속에서 헤매는 것처럼 괴로운 일이었기에

참기 어려운 이별 뒤로 찾아오는 아픔보다
뒤얽혀 풀리지 않을 너와의 필연 속에 엇갈림은
타다가 만 청춘처럼 희미하게 잊힌 추억까지
되새김질하면 할수록 생채기는 하나씩 늘어나고

차마 들어내지 못한 심중[心中]은 가슴을 오르다
목구멍 속으로 삼키고 입을 굳게 닫아야 하는 나는
슬픔에 맺힌 눈물을 애써 참는 중이다
물보다 진한 피 같은 내 사랑이었기 때문에

기나긴 시간 동안 얼마나 많은 밤을 뒤척였던가
꽃잎에 떨어진 아픔으로 붉게 피어나는 계절은
오늘따라 유난히 바람이 구슬피 떠돈다.

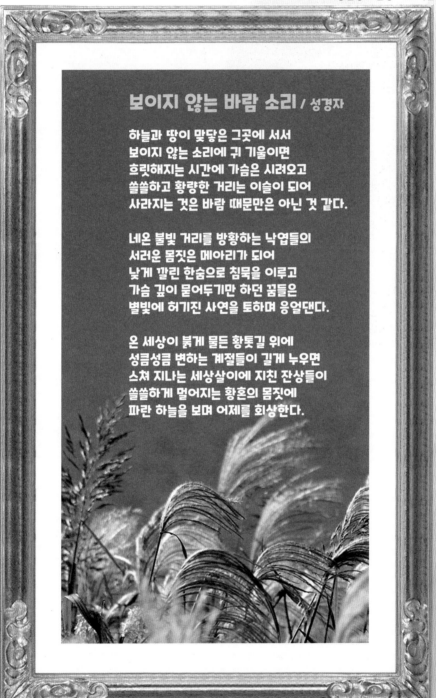

보이지 않는 바람 소리 / 성경자

하늘과 땅이 맞닿은 그곳에 서서
보이지 않는 소리에 귀 기울이면
흐릿해지는 시간에 가슴은 시려오고
쓸쓸하고 황량한 거리는 이슬이 되어
사라지는 것은 바람 때문만은 아닌 것 같다.

네온 불빛 거리를 방황하는 낙엽들의
서러운 몸짓은 메아리가 되어
낮게 깔린 한숨으로 침묵을 이루고
가슴 깊이 묻어두기만 하던 꿈들은
별빛에 허기진 사연을 토하며 웅얼댄다.

온 세상이 붉게 물든 황톳길 위에
성큼성큼 변하는 계절들이 길게 누우면
스쳐 지나는 세상살이에 지친 잔상들이
쓸쓸하게 멀어지는 황혼의 몸짓에
파란 하늘을 보며 어제를 회상한다.

시인
손 해 진

시인, 시낭송가
대한문학세계 시 부문 등단
(사)창작문학예술인협의회 회원(현)
유관순애국시단단원(현)
한국전통주연구회감사(현)
한국법무보호복지공단 충남지부협의회부회장(현)
한국법무보호복지공단 충남지부주거지원위원회회장(현)
엠뉴스편집부장(현)
한국방송통신대학교법학과재학중

<수상>
대전지방교정청장 표창장
한국법무보호복지공단 이사장상
대한문인협회 올해의 시인상

새천년의 서시(序詩)

시인 손해진

피 묻은 군복과 녹슨 철모
참혹했던 그 날의 생생한 증언을 가슴에 아로새기며

고통도 슬픔도 악다문 입술 아래 감추고
피비린내 나는 침략의 세월을 냉가슴 앓듯 쏟아버린다

너와 나를 수호하기 위해
죽검의 터로 나아가는 젊음이여!

그대의 꽃다움을 어찌하리오!

순결한 피로 물들인 굳건한 토대 위에
우리는 승리(勝利)의 제단을 쌓다!

새천년의 기틀을 마련한 고운 넋의 숨소리가
제단 아래로 흐르고 흘러

선한 이의 가슴에 고동칠 그날을 위하여!

민족의 한이 서린
조국의 하늘과 땅
그곳에서 펄럭이는 태극 깃발과

순수한 청년의 붉은 피로 맑혀
깨끗이 씻어 내린 산하에서

우리는 새로운 천년을 맞이해간다.

3.1 혁명 / 손해진

1919년 3월 1일, 맑고 푸른 하늘 아래
깃털구름 나부끼듯 운집한 깃발

소망은 희망을 뛰어넘었고
자유는 담장을 지나
창살을 뚫고 세계를 모은다

태극의 함성으로 터져 나오는 거리엔
거친 군대의 총칼이 난무하다

누가 군중을 압제하는가!
누가 국권을 침탈하는가!
누가 민족을 말살하는가!

쓰러진 깃발을 일으켜 무도한 군대를 허물어라
이 산에서 외치는 외침에 바다가 일어나고
성난 파도가 잠에서 깨어 폭풍의 대양에서 다스리는 날까지
제빛을 잃은 슬픔의 달빛에 고하라

벅찬 함성으로 메아리쳐 울려라
그 누구도 순백의 이상을 침략치 못 하도록

아침 고요 수목원에서 / 손해진

봄의 요정들이 가지 끝에 조랑조랑

부처님 오신 날 연등 행렬마냥

연분홍 꽃잎이 솜털구름 되어 포근하다

알프스를 방불케 하는 힘차고 고운 선율에

모두가 할 말을 잃어버린 무아의 세계

그 속에서 머무는 하루는 천상의 낙원이어라

사진 김용부

시인
송용기

대한문학세계 시 부문 등단
(사)창작문학예술인협의회 회원
대한문인협회 대전충청지회 정회원
대한창작문예대학 제10기 졸업
대한창작문예대학 졸업 작품 경연대회 은상 수상

> 나의 삶은 시련과 고 통속에서
> 힘들게만 살아왔다
>
> 누군가 똑같은 길을 가고 있다
>
> 그 사람을 위해 힘이 되고 싶다
> 내가 겪은 고통이 반복되지 않게

희망의 불꽃이 되겠다

나의 삶은 시련과 고통 속에서
힘들게만 **살**아왔다

시인 송용기

누군가 똑같은 **길**을 가고 있다

그 사람을 위해 **힘**이 되고 싶다
내가 겪은 고통이 **반복**되지 않게

누군가가 나를 통해
위로가 된다면
더 **좋은** 일이 아닌가

나를 통해 그 사람이
힘이 되고 행복해진다면
희망의 불꽃이 되겠다.

名人名詩는 名作으로 남는다.

백지장도 맞들면 가볍다 / 송용기

천당과 지옥을 오가며
다시 태어난 삶은 평탄치 않았고
남의 도움에 의지해야만 했다
피나는 노력 끝에 재활에 성공한다

재활하면서 그에게 나만의 특별한
기술을 가르쳐 주었고 시간이 흘러
그는 기술을 인정받아 달인이 되어
새로운 삶을 활기차게 시작했다

그는 새로운 삶을 열어준 보답으로
신선이 내려준 다섯닢젖솔배기를
내게 선뜻 내어주며 감사의 표현을 했고
거절할 수 없어 고마운 마음으로 받았다

받고자 하지 말고 먼저 베풀며
어울렁더울렁 더불어 가는 세상은
백지장도 맞들면 가볍다는 말처럼
함께 걸어갈수록 즐겁고 행복하더라

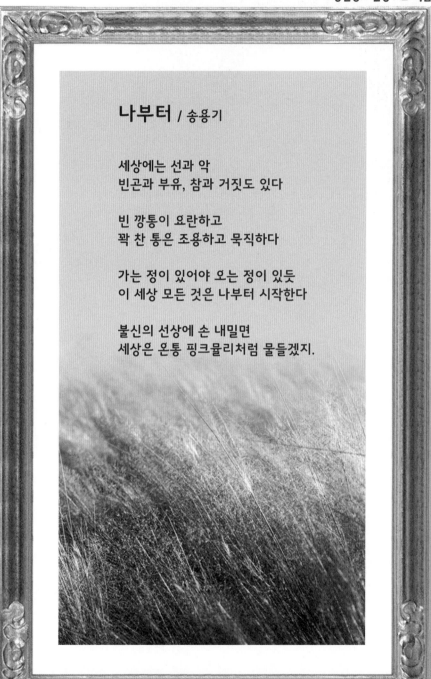

나부터 / 송용기

세상에는 선과 악
빈곤과 부유, 참과 거짓도 있다

빈 깡통이 요란하고
꽉 찬 통은 조용하고 묵직하다

가는 정이 있어야 오는 정이 있듯
이 세상 모든 것은 나부터 시작한다

불신의 선상에 손 내밀면
세상은 온통 핑크뮬리처럼 물들겠지.

시인
신주연

한국방송통신대학교 컴퓨터 과학과 재학 중
대한문학세계 시 부문 등단
(사)창작문학예술인협의회 회원
대한문인협회 경기지회 정회원
대한문인협회 금주의 시 선정 (2020년 7월 3주)

66 아버지! 그리운 나의 아버지!
무엇이 바빠서
그리도 일찍이 세상을 떠나셨나요?

살아서 고생만 하시고 사업도 어려웠지만
잘 견뎌내시는 나의 아버지.

힘들고 어려운 모든 고난의 길을 스스로 이겨내라고
어린 철부지에게 가르쳐 주신 아버지

보고 싶습니다. 사랑합니다. 99

그리운 아버지

시인 신주연

아버지! 그리운 나의 아버지!
무엇이 바빠서
그리도 일찍이 세상을 떠나셨나요?

살아서 고생만 하시고 사는것도 어려웠지만
잘 견뎌내는 나의 아버지.

힘들고 어려운 모든 고난의 길을 스스로 이겨내라고
어린 힘부대에게 가르쳐 주신 아버지

보고 싶습니다. 사랑합니다.

저희가 어른이 될 때까지 잘 다독거려주고
계셔만 준다면 감사하겠습니다.

어머니께서는 추운 겨울날에도
장사하면서 외롭와들 떨어도 저희에게 내색하지 않고
열심히 살아가고 있답니다.

멋지게 잘 생기신 나의 아버지!

오늘도 보고 싶어 목청껏
청랑하게 소리 내어 불러 봅니다.

아버지! 사랑합니다!

행복한 나날 보내기를 기도드립니다.

名人名詩는 名作으로 남는다.

견우와 직녀 / 신주연

바람이 시원하다.
장맛비가 하늘에서 계속
흘러내린다.

휘영청 달 밝은 밤을 기다린다.

견우와 직녀는 만나야 하는데,
토끼 방아도 찧고, 은하수에
우수수 별이 떨어지며 하얀 조각배를 타고

멀리 유람하며
생사를 같이하자고 오순도순 이야기도
나누고 꽃구경도
가기로 했는데,

아뿔싸!
7월의 계획이 모든 게
산산조각이나 아니 날까?
노심초사로세.

어서 하늘 바닷물이 그치고
밝은 달이 떠올라라.

세월은 덧없으랴
은하수 강물 건너 사랑의 열매를 맺을 수 있기를….

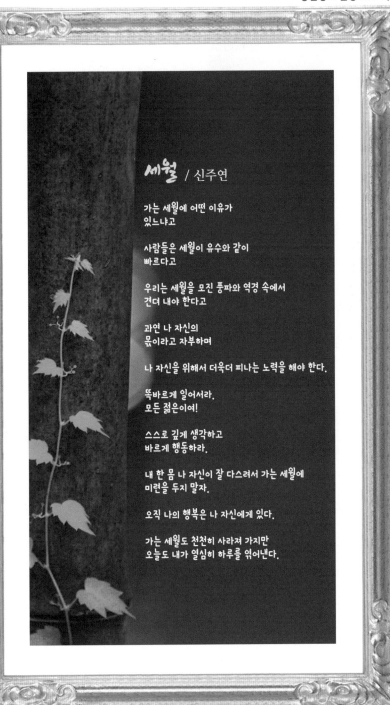

세월 / 신주연

가는 세월에 어떤 이유가
있느냐고

사람들은 세월이 유수와 같이
빠르다고

우리는 세월을 모진 풍파와 역경 속에서
견뎌 내야 한다고

과연 나 자신의
몫이라고 자부하며

나 자신을 위해서 더욱더 피나는 노력을 해야 한다.

똑바르게 일어서라.
모든 젊은이여!

스스로 깊게 생각하고
바르게 행동하라.

내 한 몸 나 자신이 잘 다스려서 가는 세월에
미련을 두지 말자.

오직 나의 행복은 나 자신에게 있다.

가는 세월도 천천히 사라져 가지만
오늘도 내가 열심히 하루를 엮어낸다.

시인
신창홍

〈저서〉

시집 / 깨어있는 날들

경기 안산 대부동 출생
인천대학교 전기공학과 졸업
한양사이버대학교 사회복지학부 졸업
대한문학세계 시 부문 등단
(사)창작문학예술인협의회 회원
대한문인협회 경기지회 정회원
(사)한국문학해설교육원 문학해설사

가을의 길목에서

시인 신창홍

피매 수길 정미로운
싱싱한 폭감은 아니어도 좋다
가을이 온다기에
귀촉한 여을의 정각들이
가끼만 바랬을 뿐

온몸을 위료하는
산들바람은 아니어도 좋다
가을이 온기에
얼룩진 마음의 여린 파문함을
따긋한 모습으로 다독이고 싶었을 뿐

맑은 새벽에 곱게 뒤덮한
휘맑한 하늘빛은 아니어도 좋다
가을이 온다기에
은은하게 무럭된 호반의 경치를
아무런 생각 없이 바라보고 싶었을 뿐

가을이 온기에
떠어져 맴도는 낙엽까
낯 선 바람에 나린 싱혀처럼,
공하한 마음 견딜 수 없어
그대 내 가까이에 있어 곡짖 위했을 뿐

名人名詩는 名作으로 남는다.

들풀 / 신창홍

메마른 들판에 피어난
들풀 한 다발
바람에 날리는 흙먼지 맞으며
운명처럼 낮은 자세로 흔들린다

생(生)을 선택할 수 있었다면
우거진 숲 속에 신록으로 빛날 것을
너도 거칠고 메마른 들판을
꿈꾸진 않았으리라

간절한 만큼 비는 아니 오고
따가운 햇빛 피할 그늘도 없어
무슨 생각으로 인내하고 있는지
안타까운 마음 그지없는데

낮게 날리는 수많은 꽃가루들
또 어느 하나 들판에 뿌리 내려
모진 생명으로 마음을 다칠까 봐
5월의 긴 하루를 애잔하게 보낸다

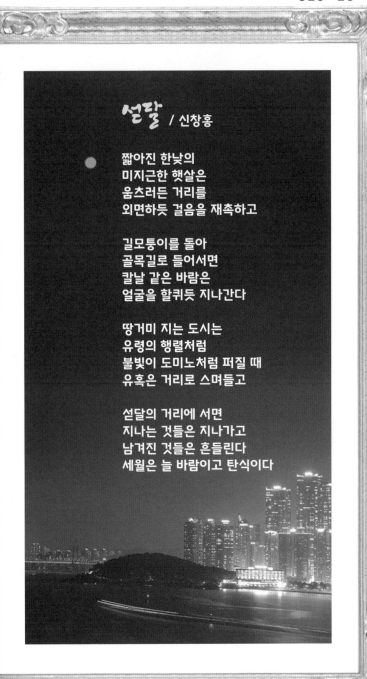

섣달 / 신창홍

짧아진 한낮의
미지근한 햇살은
움츠러든 거리를
외면하듯 걸음을 재촉하고

길모퉁이를 돌아
골목길로 들어서면
칼날 같은 바람은
얼굴을 할퀴듯 지나간다

땅거미 지는 도시는
유령의 행렬처럼
불빛이 도미노처럼 퍼질 때
유혹은 거리로 스며들고

섣달의 거리에 서면
지나는 것들은 지나가고
남겨진 것들은 흔들린다
세월은 늘 바람이고 탄식이다

시인
신홍섭

<저서>

시집 / 하얀 잉크

(전)초등학교 근무 교장 역임
황조근정훈장(대통령), 교육부장관상,
　　　대한교총회장상, 산림청장상 수상
토지문학회 회원
한국가곡작사가협회 회원
대한문인협회 대전충청지회 정회원
(사)창작문학예술인협의회 회원
한국문인협회 회원 (시)
창작가곡작시 풀잎반지 외 다수
토지문학회동인공저-풍경에~, 토담집, 나비,
　　　노고단, 윤회의 꿈
공저-노래시집(시는노래가되어) 25, 26, 28집
이달의 시인 선정(대한문인협회 19.12)

돌다리 소묘(素描)

시인 신홍섭

연둣빛 봄날 산도 나무도
잔잔히 흐르는 냇가에서
제 모습을 보는데

길머리에 서 있던 백로 한 마리
냇물을 짱짱 시립잡하다 말고
디딤돌 놓아둔 채 어디론가 날아가고

티 없는 얼굴, 나이를 잊은 스님은
물소리 아랑곳하지 않고
먼 하늘 바라보며 생각에 잠겼더니…

산도 새도
구름마저 떠나간 뒤
돌다리 그림자만 혼자서 일렁인다.

名人名詩는 名作으로 남는다.

아버지가 품은 호수 / 신홍섭

호수 아래는
실개천과 냇물이 흐르고
강물이 굽이치고 파도가 일렁입니다.

더없이 밝고 온유한 얼굴
그 비밀을, 아버지는 다 알지만
급한 게 없어서 머뭇거림이 아닙니다.

땅을 짚고 하늘을 보며
말없이 갈기갈기 갈라진 가슴에
한줄기 물 흐름인들 녹록한 게 있으리오.

물려받은 선산이 있고, 가풍이 있으며
근엄함과 자상함이 강물 되어 내리고
세세연년 호수는 환하게 웃을 뿐입니다.

 / 신홍섭

문중방에 걸터앉아
가시 회초리로 귀신 쫓는 나무
새순의 맛과 향은 일품입니다.

텃밭에 몇 그루 심어서
봄나물로 먹으려고 나무를 가꿉니다.
새순을 따면 딸수록
가지를 많이 받으려고 자르면 자를수록
작아지는 잎, 가늘어지는 가지

명줄을 잡으려고 틈새 없이 독기가 올라
웅크린 고슴도치를 닮아 갑니다.

심사心思가 틀어졌나?
가시가 왜 그렇게 많은지 알 듯합니다.

시인
안정순

충남 부여 거주
(사)창작문학예술인협의회 회원
대한문인협회 대전충청지회 지회장

<수상>
2013년 대한문학세계 시 부문 신인문학상
2014년 순우리말 글짓기 전국시인대회 은상
        올해의 시인상
2014~2017 명인명시 특선시인선 4회 선정
2015년 짧은 시 짓기 공모전 대상
2016년 향토문학상
2017년 순우리말 글짓기 전국시인대회 대상
        한국문학 발전상
2018년 이달의 시인 선정
특별초대 시 '자연에 걸리다' 다수 선정

<저서>

시집 / 각시 버선코

꽃무릇

시인 안정순

한철
잠시 왔다가는 인생길

긴 기다림은
동녘밤 바라보며
까마득한 세월 속에
그리움은 재가 되어 녹아내리고

석 달 열흘 빛고 빛어
하늘도 감동하여
붉은 설움 피워냈건만

엇갈린 인연의 티래
억겁이 지나면
만나지려나

그리던 임은 간데없고
임이 있던 그 자리엔
무심한 갈바람만 서성이누나!

名人名詩는 名作으로 남는다.

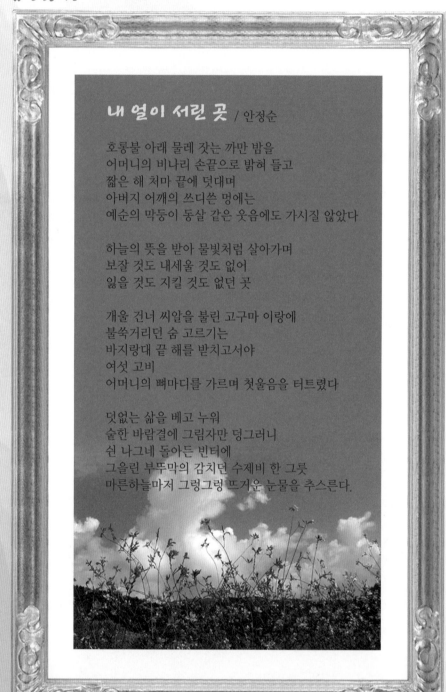

내 얼이 서린 곳 / 안정순

호롱불 아래 물레 잣는 까만 밤을
어머니의 비나리 손끝으로 밝혀 들고
짧은 해 처마 끝에 덧대며
아버지 어깨의 쓰디쓴 멍에는
예순의 막둥이 동살 같은 웃음에도 가시질 않았다

하늘의 뜻을 받아 물빛처럼 살아가며
보잘 것도 내세울 것도 없어
잃을 것도 지킬 것도 없던 곳

개울 건너 씨알을 불린 고구마 이랑에
불쑥거리던 숨 고르기는
바지랑대 끝 해를 받치고서야
여섯 고비
어머니의 뼈마디를 가르며 첫울음을 터트렸다

덧없는 삶을 베고 누워
숱한 바람결에 그림자만 덩그러니
쉰 나그네 돌아든 빈터에
그을린 부뚜막의 감치던 수제비 한 그릇
마른하늘마저 그렁그렁 뜨거운 눈물을 추스른다.

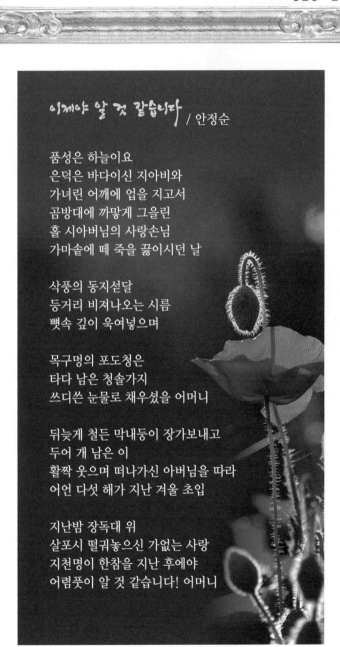

이제야 알 것 같습니다 / 안정순

품성은 하늘이요
은덕은 바다이신 지아비와
가녀린 어깨에 업을 지고서
곰방대에 까맣게 그을린
홀 시아버님의 사랑손님
가마솥에 떼 죽을 끓이시던 날

삭풍의 동지섣달
등거리 비져나오는 시름
뼛속 깊이 욱여넣으며

목구멍의 포도청은
타다 남은 청솔가지
쓰디쓴 눈물로 채우셨을 어머니

뒤늦게 철든 막내둥이 장가보내고
두어 개 남은 이
활짝 웃으며 떠나가신 아버님을 따라
어언 다섯 해가 지난 겨울 초입

지난밤 장독대 위
살포시 떨궈놓으신 가없는 사랑
지천명이 한참을 지난 후에야
어렴풋이 알 것 같습니다! 어머니

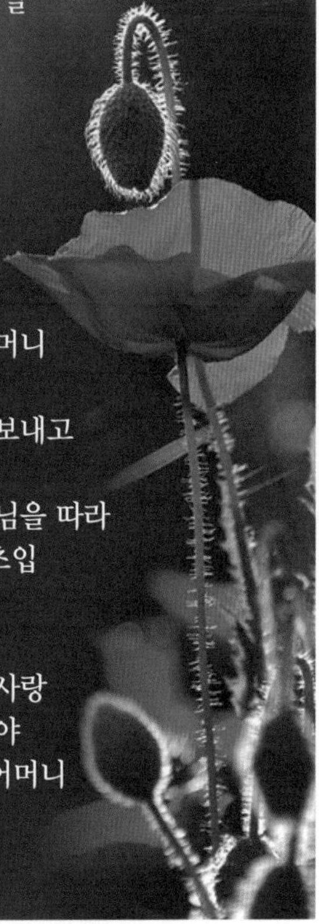

시인

염규식

대한문학세계 수필 부문 등단
(사)창작문학예술인협의회 회원
대한문인협회 부산지회 정회원
한울문학 시 부문 등단
2020년 2월 4주 금주의 시 선정
대한문인협회 이달의 시인 선정 (2020년 7월)

은혜

시인 **염규식**

내가 당신을 처음 알았을 때
내가 사랑한 줄 알았네
내가 당신 사랑한 것 아니라
그대가 사랑한 것을 …

내가 높이 있을 때
그대를 멀리하였고
내가 낮아졌을 때
그대는 나의 옆에 앉았네

입술로만 사랑하며
끊지 못할 세상 고리
고독을 씹으며 눈물로 배를 채울 때
안아주표 붉은 손 사랑이어라

용서와 사랑으로 내 가슴 적시니
그대가 오는 곳은 파스랑이 있으니
받고 싶은 세상 영광 없어도 좋아라

밀쏨마다 향기 좋아 내 안에 거하니
썩어가는 육신: 떨릴 것 없어도
주신 사랑 내려놓고 더욱 바쳐 보리라.

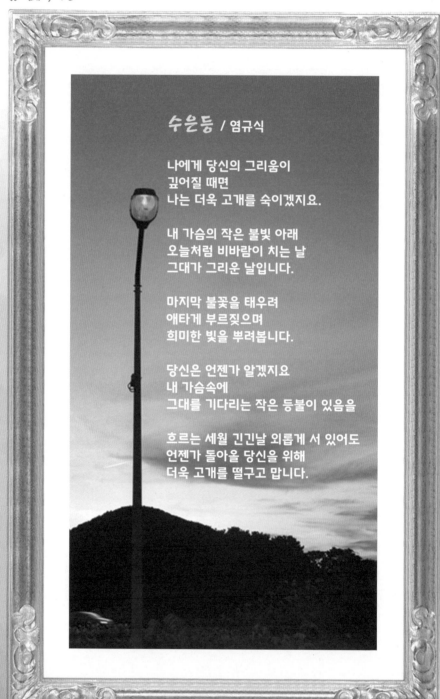

수은등 / 염규식

나에게 당신의 그리움이
깊어질 때면
나는 더욱 고개를 숙이겠지요.

내 가슴의 작은 불빛 아래
오늘처럼 비바람이 치는 날
그대가 그리운 날입니다.

마지막 불꽃을 태우려
애타게 부르짖으며
희미한 빛을 뿌려봅니다.

당신은 언젠가 알겠지요
내 가슴속에
그대를 기다리는 작은 등불이 있음을

흐르는 세월 긴긴날 외롭게 서 있어도
언젠가 돌아올 당신을 위해
더욱 고개를 떨구고 맙니다.

한 사람 / 염규식

예쁜 손편지에 떨어지는 눈꽃 하나
보내고 싶은
한 사람이 있습니다.

꽃샘추위 고운 새싹 내 마음 흔들 때면
아련히 생각나는
한 사람 있습니다.

들판에 꽃길 따라 거닐며
먼 기다림에 지쳐서
와인 한 잔 마실 때
문득 기억나는 한 사람 있습니다.

공원의 쌓이는 낙엽 밟을 때
같이 걸었으면 하는 한 사람
있습니다.

흐르는 세월도 그리움의 연을
놓을 수 없어서 눈꽃 내리는 이 밤
그리운 한 사람 있습니다.

시인
유영서

인천 거주
대한문학세계 시 부문 등단
(사)창작문학예술인협의회 회원
대한문인협회 인천지회 정회원

2018. 9월 1주 금주의 시 선정
2019. 2월 1주 좋은 시 선정
2019. 5월 3주 좋은 시 선정
2019. 12월 4주 금주의 시 선정
낭송시 선정

2019. 대한문인협회 인천지회
　　　향토 문학상 경연대회 은상
2019. 한국문학 향토문학상 수상

<저서>

시집 / 탐하다 詩를

어머니

장독대 옆 감나무 한그루
하늘 보며 서 있다

시도 때도 없이 그리워지는 마음

돌아가신 어머니가
반질반질하니 장독대를 닦고 계신다
장을 담그시려나

삶의 그물에 갇혀
잊어버리며 살아온 나날들
어머니가 담근 간장이
공장에서 만들어낸 샐표 간장으로 바뀌어도

맛을 내고
구수한 된장찌개 끓는 소리가
자꾸 어머니를 그리워하게 한다

오늘따라
구부정한 몸으로 장독대 옆에 서서 계신 어머니
주렁주렁 매달린 감들이
빙 둘러앉아 밥을 먹는다

시인 유영서

名人名詩는 名作으로 남는다.

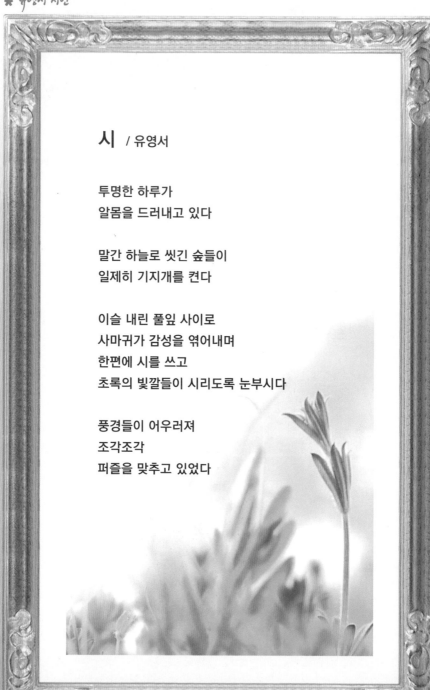

시 / 유영서

투명한 하루가
알몸을 드러내고 있다

말간 하늘로 씻긴 숲들이
일제히 기지개를 켠다

이슬 내린 풀잎 사이로
사마귀가 감성을 엮어내며
한편에 시를 쓰고
초록의 빛깔들이 시리도록 눈부시다

풍경들이 어우러져
조각조각
퍼즐을 맞추고 있었다

그 사람 / 유영서

밤새
서리가 하얗게 내린 그 길을
나에게로 와
얼은 손 덥석 잡아준 그 사람

험난한 가시밭길 애써 외면하려 하지 않고
방금 피어난 꽃처럼 언제나 웃으며
내 곁에 있어 준 그 사람

혼자 가지 말고 함께 가자며
밤길 외로울 때
길동무하여준 그 사람

남은 생
강 건너 뱃길 멀어도 함께 가자며
마음속에 들어앉아 노를 젓는
그 사람

거칠어진 손
깊게 팬 얼굴
세월에 잔해여
그 사람 바보 같은 사람
꽃보다 아름다운 사람

시인
은별

전남 영광 출생
서울 거주
대한문학세계 시 부문 등단
(사)창작문학예술인협의회 회원
대한문인협회 서울지회 정회원(홍보차장)
(사)한국마이다스 밸리댄스 강사
한국마이다스 밸리댄스 협회 (공연단 부단장)
밸리댄스 지도자 3,2급 취득(자격증)
(사)문학愛 문학愛작가협회 정회원

시인의 봄

시인 은별

아날로그 감성으로
시인의 마음으로
봄을 맞이하고 사랑하리라
극복할 수 없는 시련은 없다
긴긴 겨울 혹독한 추위 속에도
봄은 오고
새싹이 돋고 꽃이 피어난다
약속처럼 다시 돌아온 계절
싱그런 매력
수줍은 봄 아가씨
꽃눈 틔우는 날
창 고운 감성과 봄을 담아
마음에 스케치하고 봄 향기 따라
시를 읊으리라

名人名詩는 名作으로 남는다.

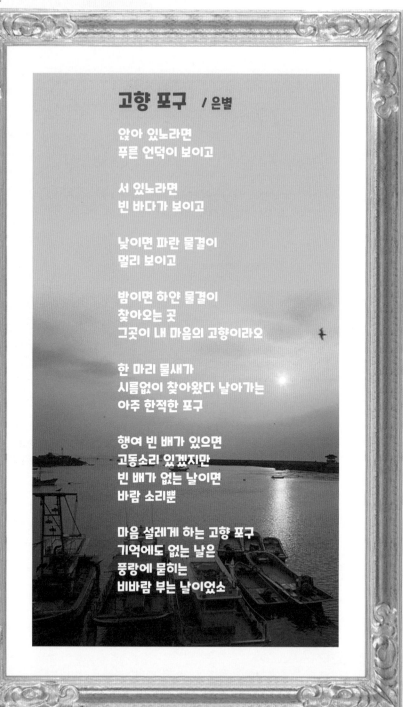

고향 포구 / 은별

앉아 있노라면
푸른 언덕이 보이고

서 있노라면
빈 바다가 보이고

낮이면 파란 물결이
멀리 보이고

밤이면 하얀 물결이
찾아오는 곳
그곳이 내 마음의 고향이라오

한 마리 물새가
시름없이 찾아왔다 날아가는
아주 한적한 포구

행여 빈 배가 있으면
고동소리 있겠지만
빈 배가 없는 날이면
바람 소리뿐

마음 설레게 하는 고향 포구
기억에도 없는 날은
풍랑에 묻히는
비바람 부는 날이었소

가을날의 추억 / 은별

꽃 지고 세월 가고
그 자리 또다시 꽃이
피어나고

가을의 길목에 들어선
늦여름 풍경
사랑스러운 예쁜 하늘
눈을 감으면 떠나온 날의
그 추억이
꿈을 꾸듯 설렘으로 다가와
가을빛으로
곱게 내려앉는다

향기 나는 채색의 그리움
가슴에 머물고
하얀 구름 흘러가는 파란 하늘
고추잠자리의 춤사위가
시원한 가을을 부른다

음~ 달콤한 향기
옛 생각들 하늘에 그려 보며
호젓한 가을 길
짙은 향수 속으로
젖어 드는 그리움
가을바람에 실어 찾아온 추억
옛사랑을 느껴 본다.

이경애

대한문학세계 시 부문 등단
대한창작문예대학 졸업
문예창작지도자 자격증 취득
대한시낭송가협회 시낭송가 인증서 취득

<수상>
2017 한국노총 대구지역 미술분야 특선
2018 한양예술대전 시화부분 특선
2019 대한문인협회 순우리말 글짓기 금상
2019 한국문학 올해의 시인상
금주의 시 다수 선정

다슴놀이

시인 이경애

방하아비 방하아비야 아칫아칫
살살이꽃 위에서
디딜방아 찧어가며
가시버시 놀이하면 좋겠다

방하아비 방하아비야
가벼운 나를 업고
라운하게 올 때까지
다붓다붓하게 한 살매 놀았으면 좋겠다

바람 따라 타타타 날아가서
흔들다 흔들다에 아다하면
무릎이 까지도록 너를 쫓아가겠다

불긋스레 노을이 물들면
서걱서걱 소맷마당에 숨어들어
다슴놀이에 수둥걸 될 때까지
믄믜 믄믜 양몃존에
님니믜 다 담들 때까지 다슴놀이 했으면 좋겠다.

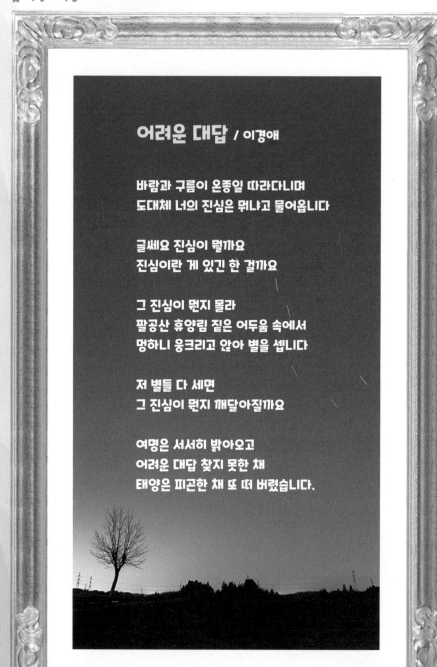

어려운 대답 / 이경애

바람과 구름이 온종일 따라다니며
도대체 너의 진심은 뭐냐고 물어옵니다

글쎄요 진심이 멀까요
진심이란 게 있긴 한 걸까요

그 진심이 먼지 몰라
팔공산 휴양림 짙은 어두움 속에서
멍하니 웅크리고 앉아 별을 셉니다

저 별들 다 세면
그 진심이 먼지 깨달아질까요

여명은 서서히 밝아오고
어려운 대답 찾지 못한 채
태양은 피곤한 채 또 떠 버렸습니다.

멋있는 반칙 / 이경애

어제까지만 해도 해맑아 웃던 그녀가
이른 아침 비를 잡은 손과 낯빛은
그늘져 있다

뒷산 돌밭 결명자 고랑 타느라
새벽이슬 밟았는지 걸음새도 눅눅하다

길게 토해내는 한숨 소리는
속으로 삼키려 해 보지만
또렷하게 귓가를 불편케 한다

이런 저릿한 아픔 남기고 간 당신은
겨울 바다 철썩대는 파도 소리에
머릿속까지 힐링하고 있음을 살짝 컨닝했다

바다가 만약 내 맘 1이라도 알아준다면
파도 치는 척 은근슬쩍
짠물을 뒤집어 줬으면 좋겠다

돌아오는 계절에는 그녀의 입술에
널브러진 측은지심 새순 돋아나
꽃잎 물고 우리들에게 와 주었으면 좋겠다.

시인
이 덕 희

대한문학세계 시 부문 등단
(사)창작문학예술인협의회 회원
대한문인협회 대전충청지회 정회원

" 손이 시리셨나 보다
장갑 사러 가자 하시더니

어머니 숨결 같은 부드러운 장갑
자주색 검은색 두 켤레
번갈아 끼신다 하시며
좋아하시던 그 모습이 그립다 "

마지막 선물

시인 이덕희

손이 시러섰나 보다
당갑 사러 가마 해더니

어머니 숨결 같은 부드러운 당갑
자주색 검은색 두 켤레
번갈아 끼심다 하시며
좋아했더 그 모습이 그립다

잠들어 서랍 속
가지런한 두 켤레 당갑
생전에 다정함이 묻어나
저승에 느껴지는 어머니의 선물
감나의 눈물마저 따뜻하다

하늘에서 보고 계실까
마지막 선물 손에 끼고
빈 하늘만 바라본다.

名人名詩는 名作으로 남는다.

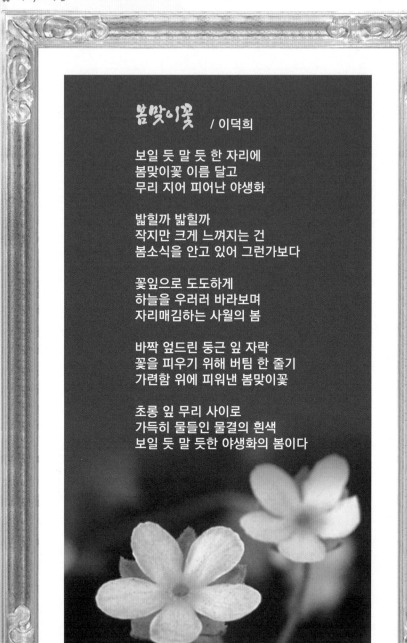

봄맞이꽃 / 이덕희

보일 듯 말 듯 한 자리에
봄맞이꽃 이름 달고
무리 지어 피어난 야생화

밟힐까 밟힐까
작지만 크게 느껴지는 건
봄소식을 안고 있어 그런가보다

꽃잎으로 도도하게
하늘을 우러러 바라보며
자리매김하는 사월의 봄

바짝 엎드린 둥근 잎 자락
꽃을 피우기 위해 버팀 한 줄기
가련함 위에 피워낸 봄맞이꽃

초롱 잎 무리 사이로
가득히 물들인 물결의 흰색
보일 듯 말 듯한 야생화의 봄이다

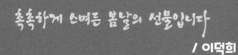

촉촉하게 스며든 봄날의 선물입니다

/ 이덕희

가물어 애타던 목마름은 기다림으로
소리 없이 찾아온 분홍빛의 봄비
촉촉하게 스며든 봄날의 선물입니다

푸르름으로 초대된 초록이들
빗소리에 환호하는 소리
촉촉하게 스며든 축복의 선물입니다

쑥쑥 올라오는 얼굴을 맞대는
자연의 바람과 친구 되어
봄맞이 화사함을 선사해 줄
꽃들을 기다립니다

흘러가는 구름 사이로 넘나드는 새
깨어나는 초록이들의 하품 소리
배웅 나온 벌들의 행진은 숨바꼭질하고 있습니다.

시인

이 동 백

<저서>

시집 / 동백꽃 연가

청주 상당 낭성 출생(56년) <청주 거주>
대한문학세계 시 부문 등단
(사)창작문학예술인협의회 회원
대한문인협회 정회원
대한문인협회 대전충청지회 사무국장

<수상>
향토문학 작품 경연대회 동상<2018>
순우리말 글짓기 전국 공모전 은상<2018>
한국문학 향토 문학상<2018>
한줄 시 짓기 전국 공모전 동상<2019>
대한창작문예대학 제9기 졸업 작품 경연대회 동상<2019>
향토문학 작품 경연대회 동상<2019>
대한문인협회 이달의 시인 선정

말의 향기

시인 이동백

멋진 말을 골라서 하면
돈 한 푼 안 들이고 인심을 쓰며
엔돌핀을 돌게 한다

무거운 침묵보다 부드러운 말은
마음의 문을 열게 하여
행복 바이러스를 퍼트린다

시린 가슴 데워줄 따뜻한 말은
아픈 영혼을 달래주고
웃음꽃 피워 평화를 선사한다

문화를 연결하는 통로인 말은
겨울 드러내는 그릇으로
열이 담긴 말은 향기를 지닌다.

名人名詩는 名作으로 남는다.

아모르파티 / 이동백

삶이란
새처럼 바람처럼
자유로울 수는 없지만
인생이라는 수레바퀴를
굴릴 수는 있잖아

때로는
가슴의 응어리 안으로
녹여야 하지만
사랑 찾아 행복을 찾아
떠날 수 있는 낭만은 있잖아

인연은
물을 끓일 수 없는 애련(哀戀)은
흘려보내고
태울 수 있는 불같은 사랑은
받아들이고

열정은
울림을 남길 수도 있고
춤을 추게 할 수도 있고
아모르파티
아모르파티

꺼지지 않는 불꽃 / 이동백

그대와 라일락 꽃그늘에 앉아
찻잔과 파우스트를 사이에 두고
잊혀져간 괴테의 사랑 이야기를 나눈다

뜰에 핀 꽃도 아침과 저녁 향기가 다르듯
젊은 시절 읽은 괴테의 연분홍빛
사랑 이야기는 다른 색깔로 길게 살아나
여운도 사유도 메아리 되어 전설로 떠오른다

우람한 고목은 세월 저편에 쓰러져
유폐되어 썩어 흙이 되어도
남긴 그의 문학은 뜨거운 가슴을 통해
슬픔과 고통을 삭여 시어로 꽃을 피운다

목마름에 허기진 가슴을 채워주고
기쁨을 찾아 만족시켜 줄 거라는
갈망이 채워질 수 없다는 것을 알기도 전에
옛 열정이 마음속에 남아 있을 때
새로운 열정이 솟아오를 수 있었다면
베르테르의 슬픈 사랑을
괴테는 노래하지 않았을 것이다

찻잔에 라일락 꽃향기 살아나듯
마음 깊은 곳에서 불꽃 다시 또 타오른다.

시인
이만우

경기도 양주시 출생
대한문학세계 시 부문 등단
(사)창작문학예술인협의회 회원
대한문인협회 정회원
현)대한문인협회 경기지회 기획국장
2019년 향토문학 은상 수상
2019년 한국문학 올해의 신인상 수상
시를 꿈꾸다 문학회 회원

닻꽃

시인 **이 만우**

깊고 깊은 숲속의 웅덩이에
작은 돛단배가 띄워져 있고
멀고 머나먼 길을 외롭이
떠나가려고 하네

그런데 돛단배는 닻을 올리지 못하고 있네
사랑하는 그대가 오기를
기다리며 떠나지 못하고
바람에 흔들릴 뿐이네

가련한 돛단배는
애타게 기다리는 사랑하는 그대에게
답해주지 못하고 떠나야 하는
시간이 다가다가 다가오네

닻이 차면 돛단배의 닻이 올려지고
그대를 만날 수 없고, 떠나가야만 하네
기약 없이 기다려도 만나지 못하는 아쉬운 그리움에
나는 작은 송이 꽃이 되어 피를 기다리고 있다

名人名詩는 名作으로 남는다.

어둠 / 이만우

먼바다 너머로
해가 빨려 들어가면서
칠흑 같은 깜깜함이 몰려와서

보이지 않는 그 속을
나는 허우적허우적하며
갈 길을 잃고 헤매고 있다

고통 속에서 빠져나오기 위한
몸부림을 치다 지쳐버리고
혼미한 정신만 남아 있었네

어느덧 시간이 지나
뒤를 돌아보니 공포의 어둠은
사라지고 밝은 햇살이 나를 반기고 있다.

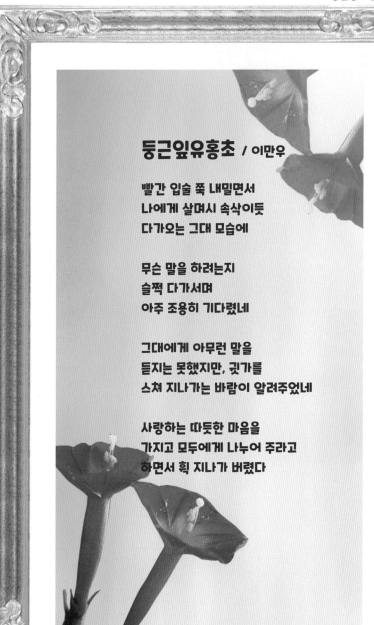

둥근잎유홍초 / 이만우

빨간 입술 쭉 내밀면서
나에게 살며시 속삭이듯
다가오는 그대 모습에

무슨 말을 하려는지
슬쩍 다가서며
아주 조용히 기다렸네

그대에게 아무런 말을
듣지는 못했지만, 귓가를
스쳐 지나가는 바람이 알려주었네

사랑하는 따듯한 마음을
가지고 모두에게 나누어 주라고
하면서 휙 지나가 버렸다

시인
이문희

대한문학세계 시 부문 등단
(사)창작문학예술인협의회 회원
대한문인협회 경기지회 정회원

짧은 시 짓기 장려상 2회
2018년 올해의 시인상
2019년 한국문학 발전상

> 망망대해 일엽편주
> 예측불허의 험난한 파도
> 잘도 건너 석양에 걸렸네
>
> 석양의 타는 빛이
> 아무리 고와도 끼욱끼욱
> 분주해진 갈매기 떼
> 울음속에 숨 넘어가네

석양의 타는 노을

시인 이문희

망망대해 일엽편주
예측불허의 험난한 파도
짙도 건너 석양에 걸렸네

석양의 타는 빛이
아무리 고와도 끼욱끼욱
분주해진 갈매기 떼
올음속에 숨 넘어가네

땅거미 내리고
어둠의 정막이 나래 펴기 전
마지막 석양의 타는 노을
마음껏 화려하게 불 태우다

되돌아올 길이 없는
영원불귀 마지막 가는 길
아름답게 모닥불 피워
후회 없이 꽃 피워 보다

하늘이 매달려 있네

/ 이문희

이른 아침
새소리에 눈을 떠 보니
푸른 나무 가지 위에
하늘이 매달려 있네

방금 목욕하고 나온 듯
구름 한 점 없는
맑고 푸르른 모습
배시시 미소 띤 얼굴

실오라기 하나
걸치지 않은 알몸으로
풍당 뛰어들고 싶은
포도알 같은 그대 눈동자

갓 피어난 장미꽃
떨린 입술 적시는
가지 끝에 매달린 하늘
고운 이슬 한 방울

참새 한 마리 / 이문희

새벽별 반짝이는 이른 아침
집사람 여윈 손 꼭 잡고
무거운 발걸음 부축해
아침 운동 힘든 발걸음

짹짹짹 짹 짹짹짹 짹
귀여운 참새 한 마리
멀 말하려는 건지
깡충깡충 발 앞에 뛰는데

여보, 저 참새 날 알아보나 봐
텃밭에 따라와 재잘거릴 때마다
모이 한 줌씩 준 것뿐인데

안 죽고 살아와
참 반갑다고 인사 하나 봐
가슴으로 거둔 사람들은
온데 간데 보이지 않는데

저게 저 째끔한게 그것도
인연이라고 나를 반기나 보네
이슬 맺힌 집사람 바라보는
눈가에 핏빛 물이 고이네

시인
이은주

대한문학세계 시 부문 등단
(사)창작문학예술인협의회 회원
대한문인협회 부산지회 정회원
대한시낭송가협회 정회원
대한창작문예대학 졸업
2019년 문예창작지도자 자격 취득

기다림

시인 이은주

덧은 시간은
참 더디 갑니다

꽃향기 붉게 내뿜으며
벌 나비 함께 일 때
시간은 얼마나
우리를 재촉하던가요

부산하던 시간은
여명이 흙빛되어
뚝뚝 떨어지다
멈춘 듯 더디기만 합니다

강물은 굽이굽이
만나고 헤어짐을 반복해도
끝내 만나고 말 것을
서두른 강물도
늦장 부린 강물도
바다에서 만나게 마련이지

붉은 동백 송이송이
피우고 떨구기를 반복해도
끝내 다시 오지 않는 님
긴긴 기다림 끝에
반달로 뛰어내린
붉은 마음 쌓이고 쌓여
동백섬으로 다리합니다.

名人名詩는 名作으로 남는다.

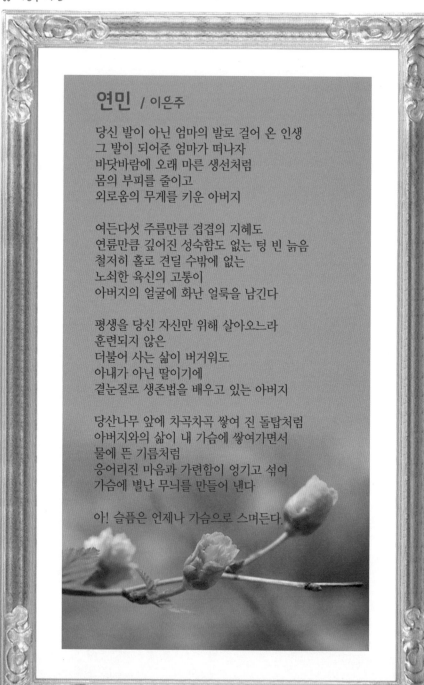

연민 / 이은주

당신 발이 아닌 엄마의 발로 걸어 온 인생
그 발이 되어준 엄마가 떠나자
바닷바람에 오래 마른 생선처럼
몸의 부피를 줄이고
외로움의 무게를 키운 아버지

여든다섯 주름만큼 겹겹의 지혜도
연륜만큼 깊어진 성숙함도 없는 텅 빈 늙음
철저히 홀로 견딜 수밖에 없는
노쇠한 육신의 고통이
아버지의 얼굴에 화난 얼룩을 남긴다

평생을 당신 자신만 위해 살아오느라
훈련되지 않은
더불어 사는 삶이 버거워도
아내가 아닌 딸이기에
곁눈질로 생존법을 배우고 있는 아버지

당산나무 앞에 차곡차곡 쌓여 진 돌탑처럼
아버지와의 삶이 내 가슴에 쌓여가면서
물에 뜬 기름처럼
응어리진 마음과 가련함이 엉기고 섞여
가슴에 별난 무늬를 만들어 낸다

아! 슬픔은 언제나 가슴으로 스며든다.

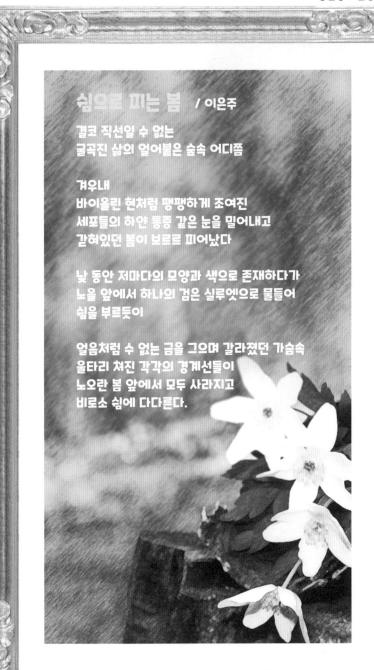

쉼으로 피는 봄 / 이은주

결코 직선일 수 없는
굴곡진 삶의 얼어붙은 숲속 어디쯤

겨우내
바이올린 현처럼 팽팽하게 조여진
세포들의 하얀 통증 같은 눈을 밀어내고
갇혀있던 봄이 보르르 피어났다

낮 동안 저마다의 모양과 색으로 존재하다가
노을 앞에서 하나의 검은 실루엣으로 물들어
쉼을 부르듯이

얼음처럼 수 없는 금을 그으며 갈라졌던 가슴속
울타리 쳐진 각각의 경계선들이
노오란 봄 앞에서 모두 사라지고
비로소 쉼에 다다른다.

시인
이정원

시호 : 청강
서울 출생 (경기도 고양시 거주)
2019. 대한문학세계 시 부문 등단
(사)창작문학예술인협의회 회원
대한문인협회 경기지회 정회원
2020년 6월 2주 대한문인협회 금주의 시 선정

〈공저〉
가울문 〈가슴 울리는 문학 동인시집〉

해는 지고

시인 이정원

주홍빛으로 물든 하늘
수평선에 떠 있는 붉은 해 바라본다

유화로 채색된 한 폭의 그림처럼
구름 사이로 홍조 띤 여운을 내민다

잿빛 가루처럼 어둑해진
땅거미 내려앉은 거리에
그리움이 흐르고

하루가 저무는 시간
잔잔히 부서지는 파도 소리에
아련한 추억을 허공에 맴돈다

희망에 찬 행복 노래하며
오늘도 감사한 마음으로
깊은 명상에 잠긴다.

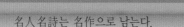

名人名詩는 名作으로 남는다.

영산홍 너를 본다

/ 이정원

늦은 밤 부슬부슬 내리는
비에 젖은 영산홍

꽃잎에 살푸시 내린 빗방울
떠나버린 임의 눈물이 그려진다

영롱한 빛깔 고이 간직하렴..

너를 닮은 그녀에게
못다 한 사랑을 전하고 싶다.

시계탑 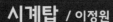 / 이정원

기나긴 생각이
은은한 빛을 내뿜으며
머릿속에서 날갯짓한다

길게 솟은 가로등을 맴돌다가
그 불빛 속에 숨을듯한
그림자 같은 기억이 서성인다

희미하게 보이는 시계탑에서
아련한 추억이 아우성치는데도
섣부른 오점을 남기지 말자며
빗겨 간 화살처럼 걷는다

인적이 드문 널따랗게 뻗은 밤길
한때의 매력적이던 그 시절 그리며
이 밤도 오롯이
사랑스러운 마음 간직한 채
선한 빛 속으로 생각들이 걸어간다.

시인

임 재 화

부산대학교 산업대학원
　　　　　　기계공학과 졸업(공학 석사)
대한문학세계 시 부문 등단
대한창작문예대학 6기 졸업
문예창작지도자 자격증 취득
사)창작문학예술인협의회 회원
대한문인협회 정회원
현)대한문인협회 저작권옹호위원회 위원장
현)대한문인협회 대전충청지회 감사

〈수상〉
대한문학세계 신인문학상
한국문학 공로상
순우리말 글짓기 공모전 장려상 2회
베스트셀러 작가상 2회
한국문학 예술인 금상 2회
특선시인선 3년 연속 선정 기념패 2회
대한창작문예대학 졸업 작품 경연 대회 은상
특별 시화전 초대 시인 선정 기념패

〈저서〉

제1시집 / 대숲에서

제2시집 / 들국화 연가

대숲에서

시인 임재화

대숲에 바람이 찾아와
변함없는 잎새를 사랑하고
숲숲에는 청청한 마음이
자리 잡고 있습니다

하얀 돌 틈 사이로
졸졸 흐르는 시냇물을 바라보며
이마에 흐르는 땀을 스치고 있노라면

어느덧 버거운 삶에 지친 영혼을 추스르고
또다시 힘차게 도전할 수 있는
용기가 샘솟습니다

언제나 푸른 대숲에는
늘 여유로운 쉼과 마음이 있고
살랑살랑 부는 바람에
댓가지가 조용히 흔들립니다

조막만 한 참새들의 보금자리는
언제나 대숲을 정겹게 만들고
늘 푸른 색깔은 아웅전 숲속과 화합하여
버거운 삶에 지친 마음에도
방그레 웃음 찾아들게 한답니다.

천일홍 / 임재화

초가을에 피어난 천일홍
기다란 꽃대 가지마다
보랏빛 꽃송이 청순한 얼굴

늘 푸른 대숲 사이로
서늘한 바람이 불어올 때면
고추잠자리 떼 허공을 날고

빛 고운 천일홍 꽃송이
그대의 작은 가슴속에는
맑은 사랑을 품었습니다.

별밤 서정 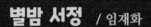 / 임재화

어느새 어둠이 짙게 내린 별밤
달은 지그시 눈 감고 졸고 있는데
무논에서 개구리 합창 들려옵니다.

별빛을 등 삼아 단잠에 든 마을
이따금 소쩍새가 소쩍소쩍 울 때면
산들바람 따라 꽃향기 날아옵니다.

온 세상 모두 휴식을 취하고 있는
캄캄한 어둠이 내려앉은 한밤에
내 마음도 살그머니 내려놓습니다.

시인

임판석

대한문학세계 시 부문 등단
(사)창작문학예술인협회 회원
대한문인협회 정회원
대한문인협회 경남지회 정회원
대한문인협회 경남지회 (전) 홍보국장
경남지회 (현) 홍보자문 수행

<수상>
2016년 대한문학세계 신인문학상
2017년 한국문학 발전상
2018년 특별초대시인 시화전 선정
2018년 대한문인협회 금주의 시 선정
2018년 한국문화예술인 금상
2019년 짧은 시 글짓기 장려상
2019년 순우리말 글짓기 장려상
2019년 명인명시 특선시인선 선정
2019년 시 소리로 삶을 치유하다 선정

<시집>
2017년 인생살이 출간
2020년 경남지회 동인문집 제1집 출간

삶의 놀이터
시인 **임판석**

여울턱 끝에 땅각 둥덩이
옹겨 담은 얽맨 험한 기미 없고
섯는 대도 위에
하늘은 사는 듯한 내려다본다

고립된 지아에 빗어나
뜰을 가꾸고 멋을 창출한
삶의 흐름 연출한 예술의 극치는
생명처럼 품고 있다

생활에 안겨주는 안식처는
이로 말할 수 없음이
맑은 아름에 기지개를 켜며
잠에서 깨어난다

자연에 감춰둔 비경의 풍경
가려진 놓은 뜨락 위의 맑은 햇살에
바람과 구름이 찾아와
쉬어서 간다

오지경을 맨 배낭 속에 묻힌 삶을
홀로 만이 감상하며 거리를 헤맨
이 곳이 바로
내 삶의 놀이터이다

고귀한 잉태 / 임판석

깊은 골 어둠의 협곡 무수한 가느린 숨
인과응보에 엮어진 개천에 용
잉태는 아무것도 모른다

안식의 테두리 벗어나 느끼지 못한
두려움에 터트린 울음
귀에 담지도 못했다

눈 뜬 시선 덩치보다 장엄한
만만치 않은 현실을 알기나 하듯
두 주먹을 불끈 쥐고 세상에 와 있다

포근한 가슴에 온갖 것 잊고
젖꼭지의 생명에 의존하며
삶의 배고픔을 익힌다

엎치락뒤치락 고통의 감수로
디딜 곳 서 보는 첫 번째
인생 공부다

하늘 엿보며 무성하고 가득 찬
세월의 고비 부끄럽지 않게 살기 위한
여정의 시작이다.

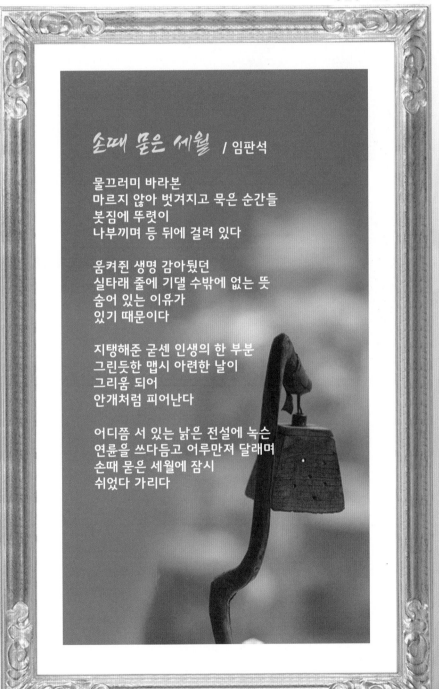

손때 묻은 세월 / 임판석

물끄러미 바라본
마르지 않아 벗겨지고 묵은 순간들
봇짐에 뚜렷이
나부끼며 등 뒤에 걸려 있다

움켜쥔 생명 감아뒀던
실타래 줄에 기댈 수밖에 없는 뜻
숨어 있는 이유가
있기 때문이다

지탱해준 굳센 인생의 한 부분
그린듯한 맵시 아련한 날이
그리움 되어
안개처럼 피어난다

어디쯤 서 있는 낡은 전설에 녹슨
연륜을 쓰다듬고 어루만져 달래며
손때 묻은 세월에 잠시
쉬었다 가리다

시인
장화순

대한문학세계 시 부문 등단
(사)창작문학예술인협의회 회원
대한문인협회 대전충청지회 정회원
대한시낭송가협회 정회원
대한창작문예대학 6기 졸업

<수상>
대한창작문예대학
       제6기 졸업 작품 경연대회 은상
2016년 한 줄 시 장려상
2016년 순 우리말 글짓기 공모전 장려상
2017년 7월 4주 금주의 시 선정
2017년 한국문학 발전상
2017년 대한시낭송가협회 제6기 시낭송 수료
2018년 올해의 시인상
2018년 명인명시 특선시인선 선정
2019년 6월 이달의 시인 선정
2019년 순 우리말 글짓기 공모전 동상
2019년 한국문학 올해의 작가상

<저서>

시집 / 무채색의 공간

넋두리

시인 **장화순**

너를 향한 애틋한 연정
나와는 무관하다
꼭꼭 접어 가슴에 숨겨둔
잊은 척 살아온 세월

벚꽃이 흐드러지게 피는 날
숨겨둔 연정 톡, 톡,
핏빛 열꽃으로 피어
때늦은 열병을 앓고 있다

가슴속에 꼭꼭 숨겨둔 연정 꺼내
떨리는 손끝으로
무명실 같은 삶의 넋두리
밤새워 꽃잎처럼 피워내려 한다

名人名詩는 名作으로 남는다.

당신만의 별이 되어 / 장화순

떡갈나무 잎에서 또르르 구르는 빗방울은
찰진 도토리 하나를 만들기 위한 별이 되고

뾰족한 솔잎에서 또르르 구르는 빗방울은
향기 좋은 송이버섯을 키워내기 위한 별이 되고

초록 단풍잎 끝에서 또르르 구르는 빗방울은
가을이라는 이름을 만들기 위한 별이 되고

떨어진 낙엽 위에 또르르 구르는 빗방울은
초겨울 서리꽃을 피워내기 위한 별이 되고

다 내어주고 난 마른 가지 위에서 구르는 빗방울은
봄날 초록 새싹을 틔우기 위한 별이 되고

나는 어느 별에서 꾸벅꾸벅 기다리고 있을
바보 같은 임을 위한 별이 되리라

아버지의 가을 / 장화순

봄을 기다리셨나. 3월
영원한 영면의 길로 어머니를 먼저 보내신 아버지
서러운 맘 가눌 길 없어
등이 타는 듯한 여름 논배미 헤맬 때
가슴팍에 흐른 땀은
더워서 흐른 땀만은 아니었다고

붉은 망에 담긴 양파가 말하고
마당에 널어진 참깨가 말하고
주렁주렁 열린 보랏빛 가지가 탄식하며
그 맘 딸인들 어이 알 수 있느냐고

가슴에 남은 어머니에 대한 애틋한 사랑
벼 포기에 나눠주고 쏟아낸 땀방울이
누렇게 영글어 가고 있다
가슴에서 쏟아낸 아버지의 가을이 익어가고 있다

시인
전선희

대한문학세계 시 부문 등단
(사)창작문학예술인협의회 회원
대한문인협회 경기지회 사무국장
대한문인협회 홍보국장

〈수상〉
대한창작문예대학 졸업경연대회 은상
2017년 올해의 작가 우수상
2018년 한국문학 올해의 시인상
2019년 한국문학 예술인 금상

〈저서〉

시집 / 희망풍경

화양연화

시인 전선희

누군가 나에게 살면서
화양연화의 삶은 언제였냐고 물으신다면
마음 이 순간이라고 말하렵니다

위대한 삶의 길을 걸어가면서
지나온 시간들이 힘든 날이었을 지라도
그 또한 아름다운 한때였음을

모든 시련 견뎌낸 날들이
꽃을 피우고 향기를 내는 것처럼
고뇌의 시간은 내일의 희망이었음을

나에게 허락된 그 날까지
내 삶에 감사하고 매 순간
화양연화의 삶을 그려내렵니다.

名人名詩는 名作으로 남는다.

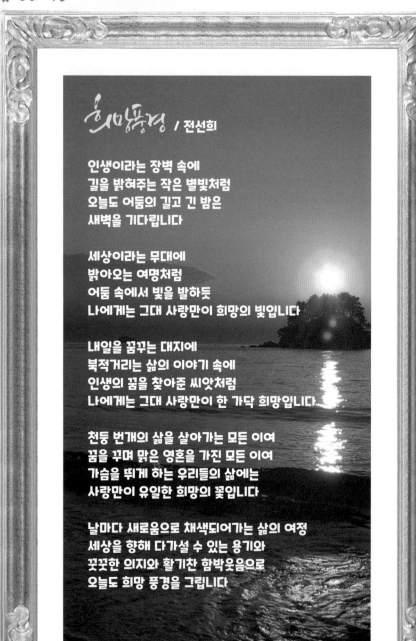

희망풍경 / 전선희

인생이라는 장벽 속에
길을 밝혀주는 작은 별빛처럼
오늘도 어둠의 길고 긴 밤은
새벽을 기다립니다

세상이라는 무대에
밝아오는 여명처럼
어둠 속에서 빛을 발하듯
나에게는 그대 사랑만이 희망의 빛입니다

내일을 꿈꾸는 대지에
북적거리는 삶의 이야기 속에
인생의 꿈을 찾아준 씨앗처럼
나에게는 그대 사랑만이 한 가닥 희망입니다

천둥 번개의 삶을 살아가는 모든 이여
꿈을 꾸며 맑은 영혼을 가진 모든 이여
가슴을 뛰게 하는 우리들의 삶에는
사랑만이 유일한 희망의 꽃입니다

날마다 새로움으로 채색되어가는 삶의 여정
세상을 향해 다가설 수 있는 용기와
꿋꿋한 의지와 활기찬 함박웃음으로
오늘도 희망 풍경을 그립니다

수묵화 / 전선희

먹물의 번짐으로 무수한 선들이 뻗어나가
안개가 자욱하게 뒤덮인 산천의 풍광
감성과 이성의 틈새에 삶과 죽음을 묵상하며
여백의 미를 잔잔하게 그려나간다

좋았던 날 아팠던 날을 밝고 연함으로
힘 있는 선으로 기를 넣고 그윽한 향기도 불어넣어
물든 그리움 가슴속 사연을 마음 한켠에 숨겨두고
지나온 삶을 묵묵히 그려나간다

하얀 운무 산허리에 두르고
비바람에 깎인 암석 위에 폭포수도 그리고
기다림이든, 마음 비움이든
붓을 든 손은 삶의 무게를 오롯이 담아낸다

허전한 공간 멈춰버린 시간 속에
하나둘 잊혀가는 연민의 정 부여잡고
고독을 자신만의 방식으로 엮어
침묵의 색깔로 덧칠한다

수많은 나날 흐르는 세월 속에
화선지 위의 풍경에는 아름다운 산수화들이
화려하지 않은 은은한 먹의 농담 속에
빛 고운 수묵화 한점 되어 세상 밖으로 나온다

시인
정상화

아호 : 봄결
울산 울주 배내골 출생
시인, 수필가
전) 부산 한샘학원 강사(국어)

대한문학세계 시 부문 등단
대한문인협회 울산지회 지회장
(사)창작문학예술인협의회 회원

<수상>
2016년 한국문학 베스트셀러 작가상
2017~19 명인명시 특선시인선 선정
2017 한국문학 우수 작품상
2018 한국문학 올해의 최우수 작품상
2019 한국문학 예술인 금상
이달의 시인, 금주의 시,
　　　좋은 시, 낭송시 선정

<저서>

제1시집
피어짐이 아름다운 것을

제2시집
/ 산다는 것은 한 편의 시

제3시집
/ 그러하더라도 사랑해야지

제4시집
/ 아름다운 인연을 만나는 것은

제5시집
/ 곱게 물들었으면

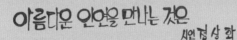

아름다운 인연을 만나는 것은

시인 경 상 화

아름다운 인연을 만나는 것은
서로의 향기에 취해
맘있이 물들어가는 것이다

서로의 환경을 이해하고
서로 색깔을 인정하면서
서로의 향기에 물쳐 가는 것이다

가슴에
나 하나 버리고
너 하나 채워서
서로의 가슴에 둥지를 짓는 일이다

어디서 피기로 가는 길
새로운 세상 둘이 하나 되어
서로의 가슴에 훈훈하며
가꾸지럼 흐르는 것이다

만남에서 가장 어려운 것은
아름다운 인연을 만나는 것이고
그보다 어려운 것은
인연을 곱게 지켜가는 것이다

아름다운 인연이 만들어지기를
까만 밤 하얗게 기도한다.

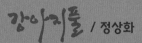 / 정상화

길섶 어디에나 지천으로 자라
눈길 받지 못한 평범한 초록 꽃
땅에 닿을 듯한 허리 굽힘
부는 대로 순응하며 꺾이지 않는 속내

가슴에 담은 소중한 사랑으로
흔들림으로 위장한 눈물겨운 춤사위
속으로 푸른 독기 머금고
겉으로 하얀 미소 짓는 강아지풀

살랑바람 밀려온 순간
말라버린 하얀 꽃대공
수백 마리 강아지 떼 되어
콩콩 짖어 꼬리 흔들며
깨알 같은 까만 진실 토하고 있다

덫 / 정상화

어둠이 내릴 무렵
왕거미 큰 나뭇가지에서
바람 타고 맞은편 가지에 오가며
꽁지에 투명한 끈끈이 사출하며
덫을 놓고 있다

바람을 이용한 번지점프
빙빙 돌며 밖에서 안으로 한 코
한 코 투명한 그물을 엮어 가더니
중앙에 죽은 듯 먹이를 기다린다

잠자리 멋 내며 날으다
보이지 않는 거미줄에 걸려들어
파닥일수록 옥죄어지고
주검 되어 체액을 빨리고 있다

죽음의 그림자 모르고 조심성
없어 거미 밥 자초한 네 모습
방관한 공모자의 가슴도 저민다

먹고 먹히는 인간사
생존을 위함이야 그렇다 치고
부른 배 더 누리기 위한 탐욕의 덫은
어찌할꼬 갈 땐 손 펴고 가는데

시인
정찬경

대한문학세계 시, 수필 부문 등단 (2017년)
(사)창작문학예술인협의회 회원
대한문인협회 경기지회 정회원
"詩 자연에 걸리다" 시회 전시회 3회 참가
명인명시 특선시인선 3회 선정
부천 콩나물 신문 편집위원
2017년 한국문학 향토문학상
2019년 한국문학 발전상

감꽃목걸이

시인 정찬경

노란 감꽃이
뒤뜰 장독대 위에
뚝뚝 떨어질 때

누나는 빨간 실로
감꽃을 하나하나 꿰어
목걸이를 만들었다

감자꽃 필 무렵이면
두견새 노랫소리
뒷산 어디선가 들려왔고

배동바지 보리가
익어갈 무렵 누나는

감꽃 목걸이 목에 걸고
밭두렁을 뛰어다녔다.

名人名詩는 名作으로 남는다.

솔방울 사랑 / 정찬경

산길을 걷다
집 떠난 솔방울 주워서

인연은 없었지만
시골길을 걷던
여학생에게 던졌다

고개 돌리게 하는
사춘기 소년의 장난

소녀는 힐끔 쳐다보며
눈을 치켜뜨고
솔방울 주워 갔다

산에 오를 때마다
잘생긴 솔방울 주워다가

그녀가 지나갈 때마다
멍이 들도록 던졌다

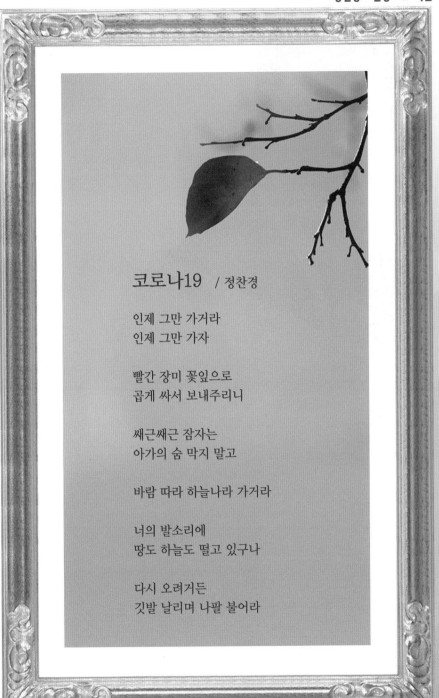

코로나19 / 정찬경

인제 그만 가거라
인제 그만 가자

빨간 장미 꽃잎으로
곱게 싸서 보내주리니

쌔근쌔근 잠자는
아가의 숨 막지 말고

바람 따라 하늘나라 가거라

너의 발소리에
땅도 하늘도 떨고 있구나

다시 오려거든
깃발 날리며 나팔 불어라

시인
정찬열

<저서>

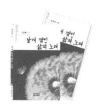

수필 / 짓눌린 발자국

제1시집
/ 날개 꺾인 삶의 노래

제2시집
/ 다시 오지 않는 삶의 구간들

대한문학세계 시, 수필 부문 등단
대한창작문예대학 제5기 수료
　　　졸업 작품 경연대회 금상
문예창작지도자 자격증 취득
(전)광주학생문화원 작가 수업
　　　　　6개월 수료 과정
대한문인협회 이달의 시인 선정
대한문인협회 금주의 시 선정 (2회)
순우리말 글짓기 공모전 (장려상 3회)
짧은 시 짓기 공모전 동상
한국문학 올해의 최우수상 (2017. 12)
명인명시 특선시인선 연속 7회 선정
한국문학 예술 진흥원
　[한국문학베스트 수필부문 문학상 수상]

무아의 환영 시인 정찬열

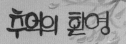

무념한 세월의 무아경에
심연이 깃든 추억에 젖는다
눈앞에 버티선 건물의 창호에서
따스한 햇볕을 반사해 빛한 시각

세월 깊은 소망이
따스한 가을빛으로 내려앉을까
괜스레 허전함이 우르르 몰려오니
어디라 무아의 파람 속에 스며 가고
청춘의 단영이 뭉게구름에 숨어버린다

멍한 눈망울 크게 뜨고서
창백한 빈나무와 눈높이 마주할 때
지난 시절의 화려했던 날날을 희미해두고
갈색 낙엽 방방 돌며 한 잎씩 떨어진다

멈추지 않은 시간 앞에서
정막한 반영 속에 허전해던 마음
얼마만큼 시간이 지나야
지난 추념, 무상한 그리움이 가라앉을다…!

그대와 인연 / 정찬열

긴 머리 소녀와 나의 인연은
삶 속에 우연이란 사랑이 되고
相通은 심연의 인연이 되어
동아줄은 사랑을 묶었습니다.

기쁨의 인연은
우연이 엮어준 행복의 노예
그대와 뗄 수 없는 사랑이 되어
기쁨도 슬픔도 함께할 수 있음은
하늘이 정해준 소중한 인연이 되어

그대와 내가 걸어온 길은
1남 2녀의 소중함으로 묶어지고
이심전심의 사랑은 필연으로
정해준 떨칠 수 없는 인연입니다.

모진 풍상이 불어와도
꿋꿋하게 내 곁을 지켜준 사람
주름진 고희의 문턱을 넘어
해를 따르는 해바라기처럼
당신의 사랑은 영원한 인연입니다.

삶의 매트릭스 / 정찬열

삶이라는 지게를 지고 정상을 향해
멋진 장광(長廣)을 즐겨볼 겨를도 없이
가쁜 숨 몰아쉬는 삶의 언저리에서
태동하기 전부터
결정된 오체투지 운명의 하교(下敎)인가

정상의 내리막쯤에서
우두망찰 나락으로 떨어졌으나
극한 운명의 동사섭 뜨락에 거닐고
내리막 갈림길에서 의술에 매달려
끝내는 한쪽 날개를 내어주고 말았다

퍼덕이는 날갯짓 속에서도
한 치 앞을 기약 못 하는 삶 속에서
날개 잃은 사유(事由)는 중심을 잃고
강산도 한 차례 변한 세월을 넘어섰다.

혼미한 아픔을 감당하지 못하며
버거운 운명을 약 보따리에 의지하려고
남은 세월의 진통을 메우기 위한 나약함
하지만, 의지로 터벅터벅 내리막을 걷고 있다.

시인

조 위 제

<저서>

시집 / 작은 감성의 조각들

대한문학세계 시 부문 등단
(사)창작문학예술인협의회 이사
대한문인협회 부산지회 정회원
대한창작문예대학 졸업
문예창작지도자 자격 취득

<수상>
한국문학 발전상
한국문학 향토문학상
대한문인협회 금주의 시 선정
대한문인협회 이달의 시인 선정
2013 한 줄 시 짓기 공모전 동상
2012 전국시인대회 장려상
명인명시 특선시인선 선정(2011,2013,2015,2016)
대한창작문예대학 졸업 경연대회 은상
2015 한 줄 시 짓기 공모전 동상
2016 감사패

민들레 홀씨

시인 조위제

아지랑이 타고 오는 봄바람에
척박한 보도블록 틈새에
낮은 자세로 자리 잡고 앉은
끈질긴 생명력을 뉘라서 탓할까

오가는 사람들의 무관심에
따스한 눈길 한 번 받지 못해도
화려하지도 않고 향기가 없어도
노랗고 밝고 환한 미소 고적한 너

가녀린 몸매에 백발을 머리에 이고
실랑바람 기다렸다가 날아가
다음 생은 좋은 곳에 내려앉아
다른 꽃들과 친구가 되어 곱디곱게 피어나라

名人名詩는 名作으로 남는다.

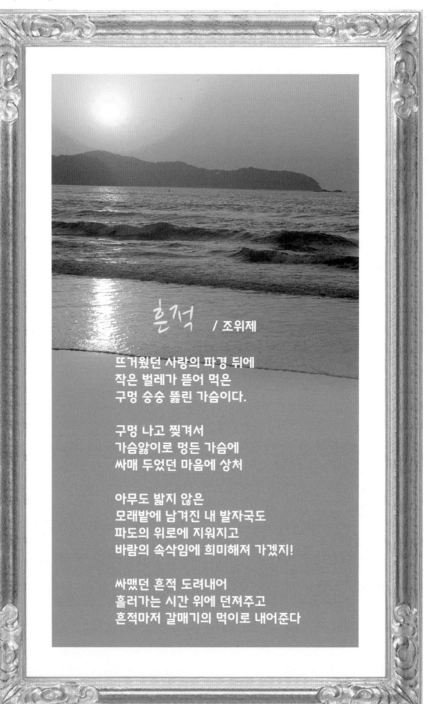

흔적 / 조위제

뜨거웠던 사랑의 파경 뒤에
작은 벌레가 뜯어 먹은
구멍 숭숭 뚫린 가슴이다.

구멍 나고 찢겨서
가슴앓이로 멍든 가슴에
싸매 두었던 마음에 상처

아무도 밟지 않은
모래밭에 남겨진 내 발자국도
파도의 위로에 지워지고
바람의 속삭임에 희미해져 가겠지!

싸맸던 흔적 도려내어
흘러가는 시간 위에 던져주고
흔적마저 갈매기의 먹이로 내어준다

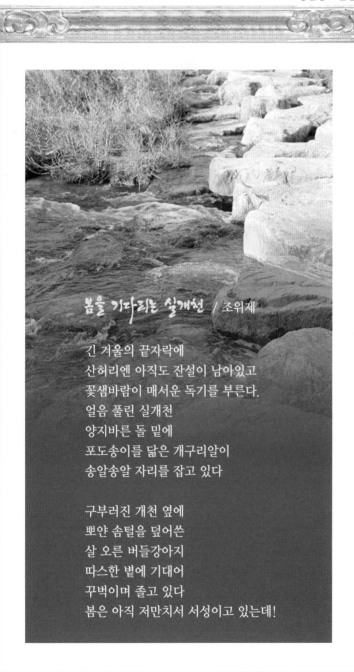

봄을 기다리는 실개천 / 조위제

긴 겨울의 끝자락에
산허리엔 아직도 잔설이 남아있고
꽃샘바람이 매서운 독기를 부른다.
얼음 풀린 실개천
양지바른 돌 밑에
포도송이를 닮은 개구리알이
송알송알 자리를 잡고 있다

구부러진 개천 옆에
뽀얀 솜털을 덮어쓴
살 오른 버들강아지
따스한 볕에 기대어
꾸벅이며 졸고 있다
봄은 아직 저만치서 서성이고 있는데!

시인
조한직

충남 공주 출생
현) 대전 거주
대한문인협회/대한시낭송가협회 정회원
대한문인협회 기획국장
전)대한문인협회 대전충청지회 사무국장
전)대한문인협회 대전충청지회 지회장

〈수상〉
2010년 10월 시 부문 신인문학상
2011, 2013년 올해의 시인상
2012년 전국시인대회 장려상
2014년 순우리말 글짓기 전국시인대회 은상
2014년 올해의 작가상
2015년 순우리말 글짓기 전국시인대회 대상
2016년 한줄 시 공모전 동상
2016년 한국문학 특별공로상
2017년 한줄 시 공모전 은상
2017년 한국문학 예술인 금상
2018년 향토문학 경연대회 대상
2018년 한국문학 올해의 우수작품상

〈저서〉

제1시집 / 별의 향기

제2시집 / 고독 위에 핀 꽃

아버지의 자리

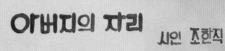

시인 조한직

비바람 몰아쳐도 홀로
묵묵히 서 있는 거목처럼,
외로운 사랑의 짐을 짊어지고

험한대머 오르막길을 오르다가
나무막대기를 받쳐 비우고
송골송골친 이마의 땀방울을
헤던 옷소매로 훔치며 행복해하는

해처럼 방긋이 웃으며
두 어깨에 걸린 삶의 무게를
충만한 가슴으로 힘차서 견디하며

바위처럼 묵어 닳아
뒤돌아보지 않고 푸벅푸벅 걸어가는

아버지는,
아버지는 그것이 그냥
아버지로 아는 사람이다.

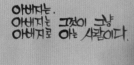

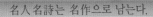

名人名詩는 名作으로 남는다.

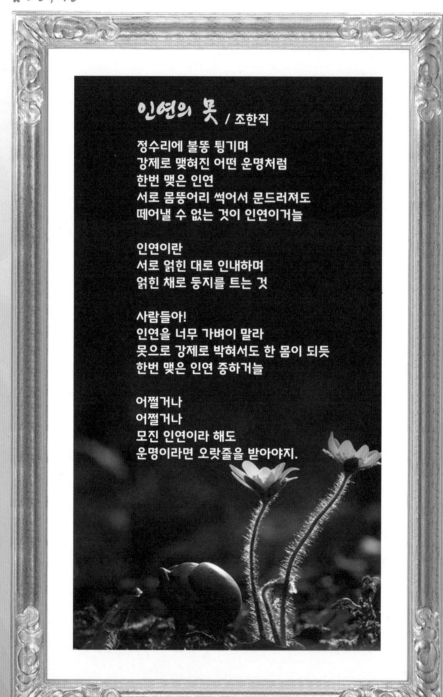

인연의 못 / 조한직

정수리에 불똥 튕기며
강제로 맺혀진 어떤 운명처럼
한번 맺은 인연
서로 몸뚱어리 썩어서 문드러져도
떼어낼 수 없는 것이 인연이거늘

인연이란
서로 얽힌 대로 인내하며
얽힌 채로 둥지를 트는 것

사람들아!
인연을 너무 가벼이 말라
못으로 강제로 박혀서도 한 몸이 되듯
한번 맺은 인연 중하거늘

어쩔거나
어쩔거나
모진 인연이라 해도
운명이라면 오랏줄을 받아야지.

양귀비 / 조한직

아~ 붉다
참 예쁘기도 하다
네 영혼이 나를 울리네

너를 보고 있어도 그리워서
자꾸 내 작은 가슴이 뛴다

네 영혼
무엇이 깃들어서
그 고운 숨결로 내 마음 앗으며
어디서 와 애 마르게 어디로 지는가

마음 주지 않으면서
내 영혼을 몽땅 흔든다

못 잊어
너를 가슴에 묻노니
언제 네 마음 열까

너울너울 선홍빛 붉은 영혼
바람에 사르는 양귀비야.

시인

주선옥

<저서>

시집 / 아버지의 손목시계

국립공주대학교 사회복지대학원 졸업
대한문학세계 시 부문 등단
(사)창작문학예술인협의회 회원
대한문인협회 정회원
대한문인협회 대전충청지회 정회원
문학어울림 정회원
대한창작문예대학 9기 졸업
문예창작지도자 자격 인증

<수상>
2018년 대한문학세계 신인문학상
2019년 대한창작문예대학 졸업 작품전 은상

산사의 풍경소리

시인 주선옥

먼 회랑을 돌아 아미야
님의 뜰 아래 섰습니다

무명으로 눈 가린 채
닿을 없이 걸어와 닿은 곳

진덕에 높이지 못한
지독한 삶의 고혜들

긴 해그림자에 스며
애증으로 앉혀 온 딱정이

소리내어 울지도 못하던
혀미 끝 물고기의 노래

바람 챌배 그윽이 좋은
청아한 하늘 휘파람 소리

이상으로 녹슬은 검은 때
한 점씩 헹궈 떼어 냅니다

名人名詩는 名作으로 남는다.

해송화 / 주선옥

어느 작은마을 어진 이의 집 앞
굽은 길모퉁이서 부르는
나직한 너의 노래는 눈물이 난다.

빗방울 통통 튀듯 경쾌한 목청
하늘 아래 구김 없이 해맑은 표정
바람 불면 더욱 낮은 휘파람 소리

가다가다 풀썩 주저앉아
이름도 없이 한세월 보내다가
또다시 끈질기게 일어서고

그렇듯이 까맣게 익은 너의 동공은
다시 어느 소박한 화단을 그리며
모진 땅에 뿌리 내릴 소망으로 설레는가

깊이 잠들지도 못하는 요람을 찾아
마을과 마을을 헤매는 옹골찬 너
어쩌면 우리 사람의 삶을 닮았구나

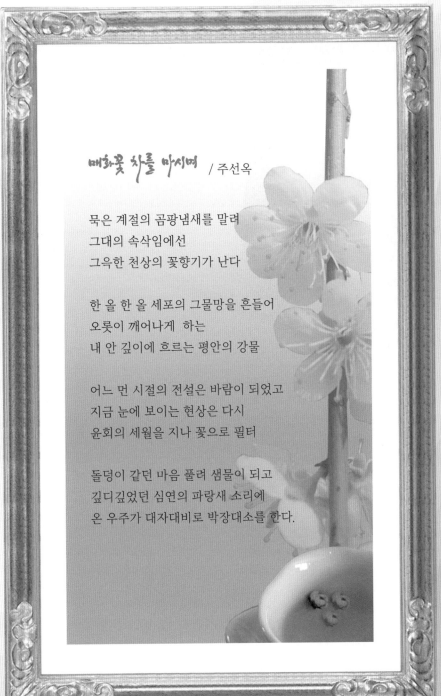

매화꽃 차를 마시며 / 주선옥

묵은 계절의 곰팡냄새를 말려
그대의 속삭임에선
그윽한 천상의 꽃향기가 난다

한 올 한 올 세포의 그물망을 흔들어
오롯이 깨어나게 하는
내 안 깊이에 흐르는 평안의 강물

어느 먼 시절의 전설은 바람이 되었고
지금 눈에 보이는 현상은 다시
윤회의 세월을 지나 꽃으로 필터

돌덩이 같던 마음 풀려 샘물이 되고
깊디깊었던 심연의 파랑새 소리에
온 우주가 대자대비로 박장대소를 한다.

시인
주야옥

대한문학세계 시, 동화 부문 등단
(사)창작문학예술인협의회 회원
대한문인협회 인천지회 기획차장

〈수상〉
「대한문학세계」 동화 부문 신인문학상
「대한문학세계」 시 부문 신인문학상
「소년문학」 동시 신인문학상
2018년 향토문학상 은상
2018년 한국문학 향토문학상
2019년 향토문학상 금상
순우리말 글짓기 전국 공모전 장려상
독후감 대회 우수상
새얼 전국 학생, 어머니 백일장 장려상
경인일보 푸른 글짓기대회 장려상
「소년문학」 특선 시 선정 (동시)

들꽃

시인 주야옥

찬 바람이 분다
너 흔들리고 잇구나

나도 흔들리고 싶지 않은데
너처럼 자꾸만 흔들려

몽글몽글 맺히는 이 아픔
왜일까
아프니까 네가 보인다

참 힘들었겠구나
잘 견디었어라고 하면
넌 수줍게 고개를 숙인다

그 울퍽한 딸
람! 시리다

名人名詩는 名作으로 남는다.

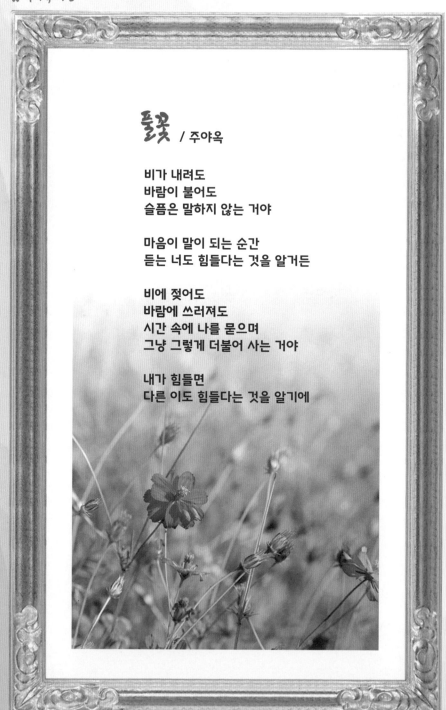

들꽃 / 주야옥

비가 내려도
바람이 불어도
슬픔은 말하지 않는 거야

마음이 말이 되는 순간
듣는 너도 힘들다는 것을 알거든

비에 젖어도
바람에 쓰러져도
시간 속에 나를 묻으며
그냥 그렇게 더불어 사는 거야

내가 힘들면
다른 이도 힘들다는 것을 알기에

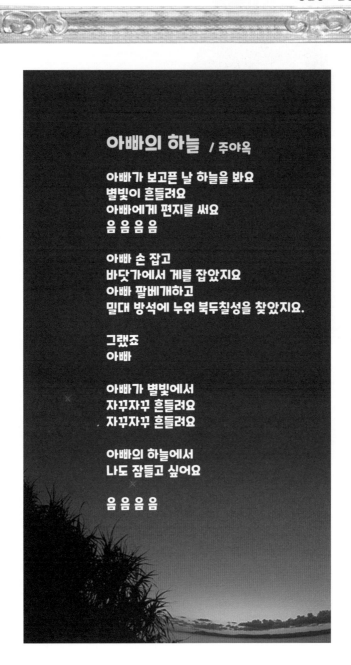

아빠의 하늘 / 주야옥

아빠가 보고픈 날 하늘을 봐요
별빛이 흔들려요
아빠에게 편지를 써요
음음음음

아빠 손 잡고
바닷가에서 게를 잡았지요
아빠 팔베개하고
밀대 방석에 누워 북두칠성을 찾았지요.

그랬죠
아빠

아빠가 별빛에서
자꾸자꾸 흔들려요
자꾸자꾸 흔들려요

아빠의 하늘에서
나도 잠들고 싶어요

음음음음

시인
주응규

2011년 대한문학세계 시, 수필 부문 등단
2012년 한맥문학 시 부문 등단
현) (사)창작문학예술인협의회 부이사장
현) 한국문인협회 지회지부협력위원회 위원
현) 대한문인협회/대한문학세계 심사위원
현) 한국 가곡작사가 협회 이사

<수상>
2011년 대한문학세계 올해의 시인상
2012년 전국시인대회 은상
2012년 한국문학정신 독도 시 경연대회 우수상
2012년 한국문학예술인 대상
2013년 대한문학세계 최우수 문학상 수상
2014년 문학세대 전국문학창작 공모대회 인천광역시장상
2015년 대한문인협회 한국베스트셀러 작가상
2015년 자유문학 전국문학창작 공모대회 전라남도지사상
2016년 제4회 윤봉길 문학상 대상
2016년 대한문인협회 한국문학 올해의 작가상
2017년 한국문학 문학대상
2018년 현대 한국인물사 문학계 등재
2018년 국가상훈 인물대전 문학계 등재

저서
1시집 "人生은 詩가 되어 흐른다"
2시집 "삶이 흐르는 여울목"
3시집 "시간위를걷다"
수필집 "햇살이 머무는 뜨락"

<저서>

제1시집 / 인생은 시가 되어 흐른다

제3시집 / 시간 위를 걷다

수필집 / 햇살이 머무는 뜨락

치자꽃

시인 주용규

7월의 뜨락에
장맛비 눈물로 피는 꽃이여

그리움을 삭여 피워 낸
빛고운 자태가 눈물겨워서

해맑게 풍기는 미소가
눈부시도록 아름다워서

아련히 취하고 마는 꽃이여

전하고픈 이야기가 그리도 많은지
고운 숨결로 쉼 없이
향기를 뿜는다.

돌부리 / 주응규

길을 걷다
돌부리에 걸려 넘어졌다고
화내거나 원망하지 마라.

너도 누구에게는
돌부리 같은
존재가 아니더냐

꽃보다 너 / 주응규

곱다 참 곱다
아름답다
향기롭다

어느 꽃이
너보다 아름다우리

어느 꽃이
너보다 향기로우리

꽃보다 너
곱다 참 곱다.

시인
최윤서

대한문학세계 시 부문 등단
(사)창작문학예술인협의회 회원
대한문인협회 정회원
대한문인협회 경남지회 지역장
대한문학세계 신인문학상
2018년 문예창작지도자 자격 취득
대한창작문예대학 졸업 작품 동상

<공저>
문학어울림 동인 시집

詩 길을 가다
시의 씨앗이 움틀 때 외 다수

목련이 필 때 시인 최윤서

순백의 꽃봉오리
꽃잎이 열리는 떨림

숨을 쉴 수 없는
찰나의 황홀한 몸짓은

나래를 펼치는
고귀한 생명의 빛

곱기도 하지
순결한 나의 기도

名人名詩는 名作으로 남는다.

선진리성의 밤 / 최윤서

꽃샘바람 불면
잔가지에 맺힌 꽃잎
하늘거리며
추억의 나래를 편다

태양 빛 삼킨
환한 미소로 반기다
달빛 머금은 깊은 밤
교교히 빛나고

기다림. 모아
열린 것이 벚꽃이라
짧은 인연에 점을 찍는
하얀 눈물 흘린다.

탈춤 / 최윤서

탈에 숨겨진
응어리진 혼의 외침

민심이 흔들리면
어깨춤이 덩실덩실
탈춤의 유희로다

허위와 가식을 풍자해
민중의 한을 풀어가는
거침없는 입담이 통쾌하다

너도 없고
나도 없다
한바탕 마당놀이에 맡길 뿐

시인
최이천

전남 여수 거주
대한문학세계 시 부문 등단 (2019.02)
(사)창작문학예술인협의회 회원
대한문인협회 광주전남지회 정회원

〈수상〉
2019년 3월 신인문학상 수상
2019년 6월 2주 금주의 시 선정 "비"
2019년 9월 순우리말 글짓기 동상

가방

시인 **최이천**

홀얼홀얼 버린 말들이
시 되어 살아오다
싱싱한 시라고 담겨 버리니

노래가 많이 떠 있다
버릴 것은 없는가 보다
좋은 것은 좋은 것대로
나쁜 것은 나쁜 것대로

의미 있는 선율로 담아 오리니
여름날 시골 외갓집 마당에

소낙비 떨어지던 모습이어라
갑자기 양철 지붕 때리는 소리
불 번쩍하더니 우르르 쾅 쾅
천둥소리 그때도 놀라고 무너워다

지금은 마음속에
소야곡처럼 감미로워져
쓸모없다 한 나를
가방 속으로 오라고 손짓해

가방은 아름다운 날개를
달아준다
노랑 말해야 맑고 가방 속으로 날아 가본다

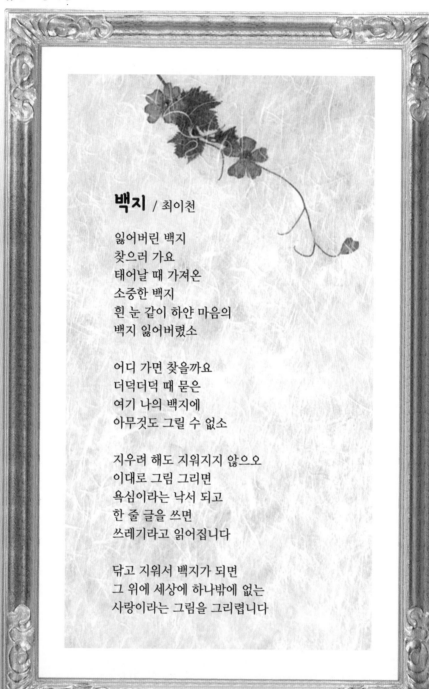

백지 / 최이천

잃어버린 백지
찾으러 가요
태어날 때 가져온
소중한 백지
흰 눈 같이 하얀 마음의
백지 잃어버렸소

어디 가면 찾을까요
더덕더덕 때 묻은
여기 나의 백지에
아무것도 그릴 수 없소

지우려 해도 지워지지 않으오
이대로 그림 그리면
욕심이라는 낙서 되고
한 줄 글을 쓰면
쓰레기라고 읽어집니다

닦고 지워서 백지가 되면
그 위에 세상에 하나밖에 없는
사랑이라는 그림을 그리렵니다

꿈 꽃 / 최이천

누구
날고 싶은 꿈이
저기 날아가는 비행기
누구
바다를 달리고 싶어
배를 만드니 여기 유람선 오네
누구
밤거리를 보고 싶어
가로등 만드니 네온 불빛 찬란하네

꿈 주인은 가고
꿈들이 꽃처럼 핀
오늘을 즐기는 주인은 누구

찰나에 무수한 꿈이 유성처럼
반짝 사라져 별똥 되고
살아남은 꿈은
주인 찾아 꽃으로 필 거라네

꿈 꽃으로 피어날 한 모둠 생각에
정기를 모아본다.
훗날 주인은 누구

시인

한명화

아호 : 설봉
대한문학세계 시 부문 등단
(사)창작문학예술인협의회 회원
대한문인협회 서울지회 정회원
한국문인협회 정회원
대한창작문예대학 졸업
문예창작지도자 자격증 취득
무용가, 시인, 시낭송가

〈단체 운영〉
국제설봉예술협회장
유경캠핑하우스 대표이사
국제설봉예술원장
설봉예술단장
공연 기획, 연출 총감독
설봉아름다운 사람들의 나눔이야기 대표
설봉촌 종합레저타운 대표

진달래꽃

시인 한명화

꽃잎 여리다고 말하지 마라
이 꽃잎 한 장이면
추억할 기억이 얼마인가

불모산 장유 계곡 산자락
너랑 보던 봄의 핑크빛 절경
그 눈부심이 얼마인가

꽃잎 한 장으로
잊히지 않을 사랑
꽃 피어 쓸어져 내릴
깊은 그 사랑은 또 얼마인가

생각해보면
너를 만나 불꽃처럼 타던
나였으나
이렇게 꽃 활짝 핀 날이면
상실감과 괴로움에 잠 못 들고
나무 위에 노 저어 내리는 달빛만
내 마음 휘어지도록 품어안는다

名人名詩는 名作으로 남는다.

나는 야누스
꿈으로 가는 길에 / 한명화

작은 나무는
더욱 큰 그늘을 만들어낼 수 없음을 탄식하고
더 큰 나무가 되겠다고 아우성이다

짙게 다가오는 어둠을
다 삼켜내고 차지한 이 자리
대나무처럼 속을 비워내며
또 한 뼘을 하늘을 향해
오를 수 있을까

낮에는 전투사로
강렬한 한쪽의 얼굴이
또 저녁으로 얼굴을 돌리면
아주 낯선 얼굴이 있다

치자나무 잎 냄새가
짙은 순한 얼굴이다

높이 나는 새는
더욱 센 바람의 시련을
이겨내야 한다.

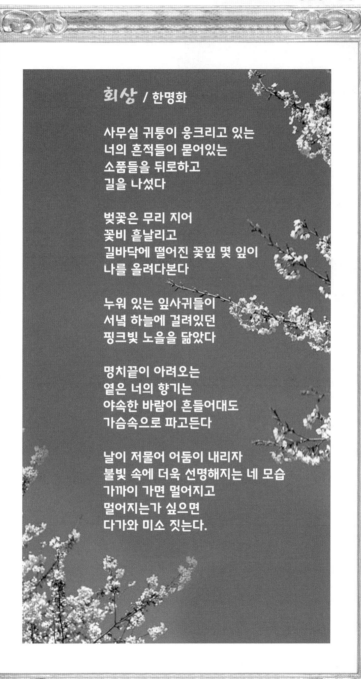

회상 / 한명화

사무실 귀퉁이 웅크리고 있는
너의 흔적들이 묻어있는
소품들을 뒤로하고
길을 나섰다

벚꽃은 무리 지어
꽃비 흩날리고
길바닥에 떨어진 꽃잎 몇 잎이
나를 올려다본다

누워 있는 잎사귀들이
서녘 하늘에 걸려있던
핑크빛 노을을 닮았다

명치끝이 아려오는
옅은 너의 향기는
야속한 바람이 흔들어대도
가슴속으로 파고든다

날이 저물어 어둠이 내리자
불빛 속에 더욱 선명해지는 네 모습
가까이 가면 멀어지고
멀어지는가 싶으면
다가와 미소 짓는다.

시인

홍사윤

인천 출생 · 거주
대한문학세계 시 부문 등단
대한문인협회 정회원
대한문인협회 인천지회 정회원
(사)창작문학예술인협의회 회원

<수상>
대한문학세계 시 부문 신인문학상
대한문학세계 향토문학상 금상
특별 초대 시인 작품 시화전 출품
2019 짧은 시짓기 전국 공모전 은상
2019 한국문학 향토문학상 수상

<공저>
다향 정원 문학
글꽃 바람
우리의 희망을 품으며 外 다수

하얀 도화지

시인 홍사윤

세상에 태어나 받아든
하얀 도화지 위에
삶의 그림을 그려 갑니다

걸작을 꿈꾸며
삶의 붓을 들었지만
뜻대로 그려지지 않은 그림

황혼의 길목에서
지나온 삶을 돌아보며
덧칠을 하려 해도
굽은 허리처럼 굽어진 세월

노을이 물들 듯
황혼의 삶을 그려야 하는
손 떨리는 여울에
늘어만 가는 깊은 주름

남겨진 도화지 위엔
삶의 눈물이 흘러
붉은 노을이 물들어 갑니다.

名人名詩는 名作으로 남는다.

인생이란 / 홍사윤

각본 없는 삶
세상을 무대로 살아간다
이승의 연극이 끝나는 날까지
결말을 알 수 없는
당신이 무대의 주인공

연극의 성패를
부(富)의 유무로 평가치 마라
연출 없는 연극은
누구도 흉내 낼 수 없는
당신의 삶이기에...

연극의 막이 내려지면
다시는 볼 수 없는
한 편의 위대한 작품이다

첫사랑 / 홍사운

기억을 지우면
사랑이 식을 줄 알았습니다

세월이 갈수록
보고파 지는 그리움은
헤어져야만 했던
가슴 아픈 사랑이었습니다

눈물로 떠나버린
이루지 못한 사랑이
지금도 가슴에
붉게 피어나는 것은

처음으로 느낀 순정
그대의 곁에
머물러 있기 때문입니다

시인
홍종화

대한문학세계 시 부문 등단
(사)창작문학예술인협의회 회원
대한문인협회 대전충청지회 정회원

대한문인협회 금주의 시 선정 (2019년 7월 5주)

배냇저고리 꺼내어 그리운 마음 달래려다
이제는 숨기고픈 병자(病者)이기에
까칠한 그 모습 보며 한번은 울고 한번은 헛웃음

천륜(天倫)이라 벗지도 못할 서글픈 쇠사슬에
한번은 보듬고 한번은 내치고

아직도 탯줄이 애달파 두고는 못 가는데
아련한 배냇짓 기억에 그나마 여기까지

무제 (無題)   시인 홍종화

배냇저고리 꺼내어 그리운 마음 달래려다
이제는 숨기고픈 병자(病者)이기에
까칠한 그 모습 보며 한번은 울고 한번은 헛웃음

천륜(天倫)이라 밧지도 못할 서글픈 쇠사슬에
한번은 보듬고 한번은 내치고

아직도 탯줄이 애달파 두고는 못 가는데
아련한 배냇짓 기억에 그마 여기까지

부디 언젠가 그 누구의 축복처럼
옛이야기 할 날 다시금 오겠는가

名人名詩는 名作으로 남는다.

슬픔도 지나고 나면 / 홍종화

소리 없는 가식(假飾)적 환희
환영(幻影)처럼 사라지는 옛 바람 소리에 대한 그리움

간헐적 방종과 게으름으로
서글픈 유희(遊戲)는 아집이 되어 언제나 제자리

갑갑하게 내려앉은 적막보다 더욱 무거운 것들
지친 나의 발걸음 더욱 더디어지고

흐르는 수면 위로 별빛이 부서지며
물결은 파르르 떨리고 있었다

진리와 모순을 하나로 볼 수는 없는 것일까
앞날이 버거우나 사무치게 그리웠다

만개하여 사위를 뒤덮은 꽃들이라
달큼한 망각(忘却)의 향기를 바라는 것도 요행만은 아닐지언데

누군가의 손길에서 배제됐다는 것은
사라진 무엇을 보듬는 것과 다르지 않다

비루하지만 맹목적 환골(換骨)을 바라는 의지의 표출(表出)
초연하게 삼키는 근원적 공포

이제 푸르스름한 여명이 찾아오고
설레이는 지금의 변화(變化)는 어제를 부정하는 것처럼
새하얀 빛으로 다가온다

슬픔도 지나고 나면
나의 꿈은 오히려 애처로운 기운이 서리 있어
고독을 행복으로 품는다

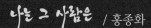 / 홍종화

나는 나의 이름을 잊고 말았다

나에게 익숙한 듯 눈빛을 보내는 이들은 나를 알고 있는 것일까
분명한 것은 나는 그들을 모른다

나는 내가 어느 종(種)에 종속(從屬)되었는지 알지 못한다
감내할 수 없는 타인들 시야(視野)에서의 소외감

나의 잔치는 적당히 엄숙했고 적당히 번잡했다
술추렴을 하는 이들도 있었지만 묵인되었다
어떤 의심도 불안도 끼어들지 않았다

밤의 기운이 채 가시지 않아 나의 몸은 차가웠다
심해어(深海魚)처럼 하늘의 빛을 느껴본 적이 없었다

검은 바다 저편에는 집어등(集魚燈)이 환했다
누군가의 욕지거리와 비명이 메아리치는 것처럼
겹겹이 띠를 이루고 있었다

허상(虛像)처럼 내 사위에 어떤 이가 아득하게 보였다
그 사람은 내가 말하는 언어(言語)를 알지 못한다
우리가 함께할 때 그 사람은 노래를 불렀다
어쩌면 그것은 노래가 아닌 일상의 사소한 말(言)이었는지도 모른다

그리고 그 사람은 그림을 그렸지만
그 그림은 내가 아니었다

시인
홍진숙

<저서>

시집 / 천천히 오랫동안

대한문학세계 시 부문 등단
(사)창작문학예술인협의회 회원
대한문인협회 정무국장
대한문인협회 서울지회 정회원
한국문인협회 정회원
대한창작문예대학 졸업
문예창작지도자 자격증 취득
<수상>
2019년 한국문학 예술인 금상
2017년 한국문학 베스트셀러 작가 우수상
2017~2020 명인명시 특선시인선 선정
2016~17년 순우리말 글짓기 전국 공모전 입상
2016년 10월 이달의 시인 선정
2016년 한국문학 발전상
2015년~16년 한 줄 시 짓기 공모전 동상
<저서>
시집 "천천히 오랫동안"
<공저>
누구에게나 처음은 있다, 우리들의 여백, 들꽃처럼 제2집
한국문인작가 창간호

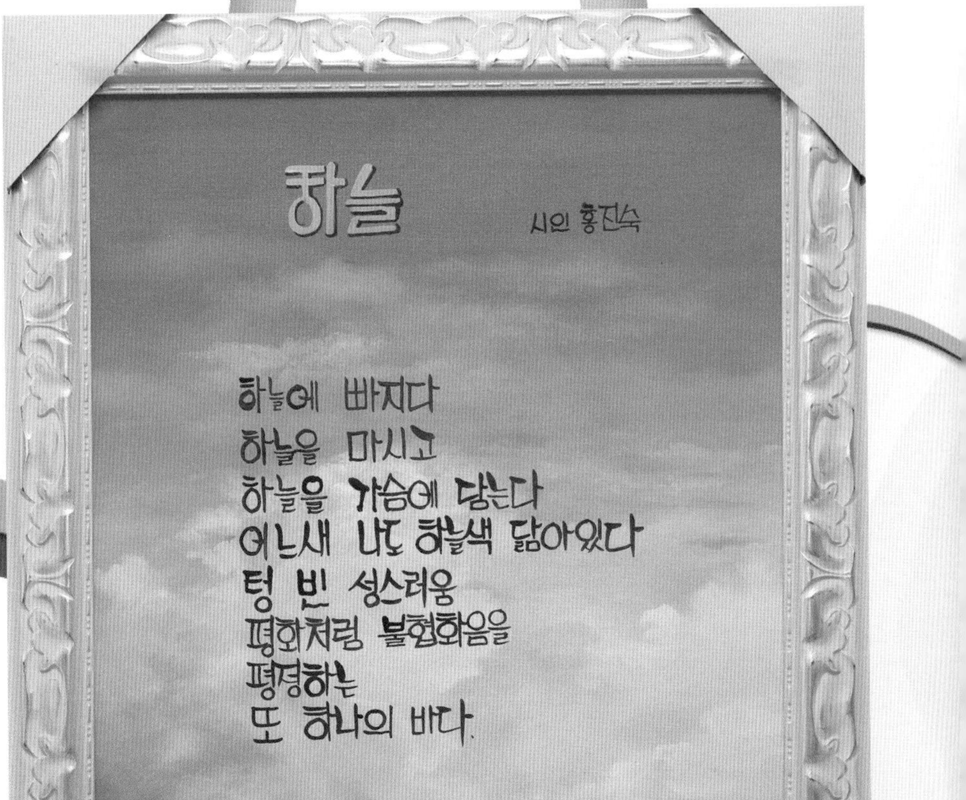

하늘

시인 홍진숙

하늘에 빠지다
하늘을 마시고
하늘을 가슴에 담는다
어느새 나도 하늘색 닮아있다
텅 빈 성스러움
평화처럼 불행함을
평정하는
또 하나의 바다.

名人名詩는 名作으로 남는다.

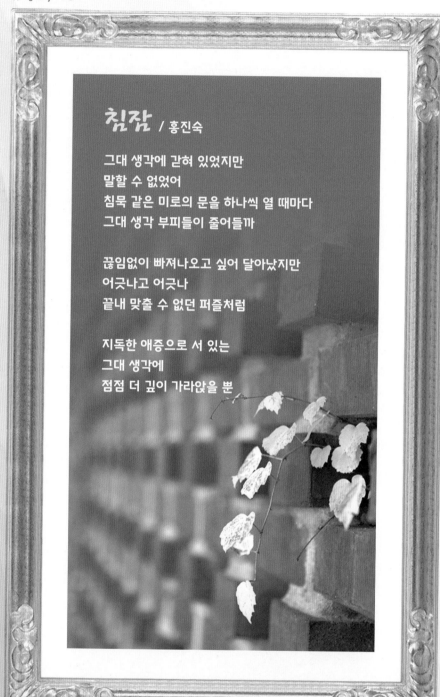

침잠 / 홍진숙

그대 생각에 갇혀 있었지만
말할 수 없었어
침묵 같은 미로의 문을 하나씩 열 때마다
그대 생각 부피들이 줄어들까

끊임없이 빠져나오고 싶어 달아났지만
어긋나고 어긋나
끝내 맞출 수 없던 퍼즐처럼

지독한 애증으로 서 있는
그대 생각에
점점 더 깊이 가라앉을 뿐

또 다시 목련 / 홍진숙

조금씩 마침내 잠든 꽃들을 깨웠다
바람에 흔들릴 때마다
더욱 깊어져 오는 환함에 견디지 못한
묵언의 입술을 건드려
쏟아내고 싶었던 독설의 속내들이
밑감이 된 상처를 자르고 지켜낸 그 흰
해 그림자 길어져 한껏 차오른 그때쯤
일제히 치마폭을 펼쳐 보폭을 맞출 때
생 비린내 나도록 푸른 옷고름선
배어 나오는 슬픔 같은 흰을 이해했다.

2020
유화로 보는 명인명시선

2020년 9월 17일 초판 1쇄
2020년 9월 22일 발행
지 은 이 : 김락호 외 62인

　　　강사랑 강순옥 고옥선 권태인 기영석 김강좌 김국현 김금자
　　　김노경 김락호 김상훈 김영주 김재진 김정택 김정희 김혜정
　　　김희경 김희선 김희영 류향진 문철호 박기만 박기숙 박남숙
　　　박상현 박영애 박희홍 백승운 성경자 손해진 송용기 신주연
　　　신창홍 신홍섭 안정순 염규식 유영서 은　별 이경애 이덕희
　　　이동백 이만우 이문희 이은주 이정원 임재화 임판석 장화순
　　　전선희 정상화 정찬경 정찬열 조위제 조한직 주선옥 주야옥
　　　주응규 최윤서 최이천 한명화 홍사윤 홍종화 홍진숙

사 　진 : 김락호 김혜정 장영길
화 　가 : 김락호 김용기
엮 은 이 : 김락호
편 　집 : 박영애
디자인 편집 : 이은희
기 　획 : 시사랑음악사랑
연 락 처 : 1899-1341
홈페이지 주소 : www.poemmusic.net
E-Mail : poemarts@hanmail.net

정가 : 20,000원

ISBN : 979-11-6284-229-4